葉山嘉樹・真実を語る文学

葉山嘉樹とわたし

佐《さ》木《き》隆《りゅう》三《ぞう》

一九五六（昭和三十一）年春、わたしは福岡県立八幡中央高校を卒業して、八幡製鉄株式会社八幡製鉄所に就職した。交付された辞令には、「事務員二級ヲ命ス　日給百八十二円五十銭を支給ス」とあり、分塊圧延工場に配属されて三交代勤務だった。

当時の八幡製鉄は日本最大の会社で、八幡製鉄所だけで社員三万三千二百三十七人（『八幡製鉄所八十年史』から）。三交代制度は、甲番が午前六時〜午後二時、乙番が午後二時〜午後十時、丙番が午後十時〜午前六時で、日曜日に甲番が十六時間働いて、勤務番がずれていくのである。

これは若者にとって、並大抵のことではない。勤務明けに友人に会おうとしてもムリだから、帰宅して読書するか眠るしかない。あるいは原稿用紙に向かい、小説らしきものを書く。高校時代は文芸部にいて、学校新聞や校友会雑誌に発表するなど、多少は心得があった。それで社内報『くろがね』や、親和会教養部が発行する『製鉄文化』に、せっせと投稿した。

八幡製鉄所の「創作研究会」は、岩下俊作代表だった。小説「富島松五郎伝」は、阪東妻三郎主演の映画『無法松の一生』の原作として、あまりにも有名である。入社して二年目のころ、「わが家の勉強会に来ていいよ」と声をかけられ、小倉市の岩下俊作邸に月に一回通うようになった。この勉強会には「或る『小倉日記』伝」で、昭和二十七年下期芥川賞を受賞した松本清張も、上京するまで参加していたという。

しかし、わたしは二十歳を過ぎたころ「こんなことでよいのか?」と、文学とのかかわりに疑問が生じてきた。八幡製鉄所には、下請け・孫請けの労働者が出入りして、劣悪な環境に置かれている。洞海湾のスクラップ(くず鉄)ヤードでは、沖縄からの輸入品に混じった不発弾が爆発して、年間十人以上の犠牲者が出ていた。葉山嘉樹の「セメント樽の中の手紙」を読んだのは、そんな時期だった。

松戸与三はセメントあけをやつてゐた。外の部分は大して目立たなかつたけれど、頭の毛と、鼻の下は、セメントで灰色に蔽はれてゐた。

こういう書き出しで、十一時間も働いたころセメント樽の中から小さな木の箱が出てきたが、そんなものに構っていられなかったので、作業着の腹かけ丼に入れておいた。そして帰宅後に取り出すと箱には何も書いてなくて頑丈に釘づけしてあったから、踏みつぶすとボロに包んだ紙切れが出た。

——私はNセメント会社の、セメント袋を縫ふ女工です。私の恋人は破砕器へ石を入れることを仕事にしてゐました。そして十月の七日の朝、大きな石を入れる時に、その石と一緒に、クラッシャーの中へ嵌りました。

仲間の人たちは、助け出さうとしましたけれど、水の中へ溺れるやうに、石の下へ私の恋人は沈んで行きました。そして、石と恋人の体とは砕け合つて、赤い細い石になつて、ベルトの上へ落ちました。ベルトは粉砕筒へ入つて行きました。そこで鋼鉄の弾丸と一緒になつて、細く〳〵、はげしい音に呪の声を叫びながら、砕かれました。さうして焼かれて、立派にセメントになりました。

この小説は、四百字詰め原稿用紙七枚の二千八百字ほど。社内報『くろがね』は、募集要項が七枚半で三千字。ついでながら、八幡製鉄所労組の機関誌『熱風』の小説も七枚半だった。「こういうのはコメントというか、掌編小説でしかない」とぼやきながら、わたしは智恵をしぼって、『くろがね』と交互に応募していた。ところが、代表的なプロレタリア作家の葉山嘉樹は、八幡製鉄所の職場作家たちとおなじ制限で、こんな傑作を書いたのだ。わたしは結末の鮮やかさにも、驚嘆させられたのだった。

お願ひですからね。此セメントを使つた月日と、それから委しい所書と、どんな場所へ使つたかと、それにあなたのお名前も、御迷惑でなかつたら、是非々々お知らせ下さいね。あなたも御用心なさいませ。さようなら。


松戸予三は、湧きかへるやうな、子供たちの騒ぎを身の廻りに覚えた。

彼は手紙の終りにある住所と名前を見ながら、茶碗に注いであつた酒をぐつと一息に呷つた。

「へゞれけに酔つ払ひてえな。さうして何もかも打ち壊して見てえなあ」と怒鳴つた。

「へゞれけになつて暴れられて堪るもんですか、子供たちをどうします」

細君がさう云つた。

彼は、細君の大きな腹の中に七人目の子供を見た。


次に読んだのが「淫売婦」で、さらに長編小説「海に生くる人々」。わたしにとって葉山嘉樹という作家は、じつに刺激的な存在になった。

昔から「読書ノート」を記す習慣がないので、どんな影響を受けたかは、直にたしかめることはできない。

しかし、習作をふくめて自筆年譜をたどると、葉山嘉樹の存在が大きいことはわかる。一九六〇（昭和三十五）年十一月二十日、わたしは「別冊日曜作家」を発行し、四百七十枚の「大罷業」を一挙掲載した。一九二〇（大正九）年二月、官営八幡製鉄所で大ストライキが発生し、十二時間二交代制から八時間三交代制へと、画期的な労働条件を勝ち取った物語である。

その書き出しを、引用させていただく。

次第にレールの形をし始めた鋼材が、何度目かの往復の途中ロールに嚙み込まれたまま動くのをやめたが、辰吉はまさかそれが罷工のはじまりとは思ってもみなかった。もちろん辰吉だけではない、他のバール方の連中も圧延機の故障ぐらいに思って、後始末はやっかいだが出勤草々骨休みが出来るとは有難い、などと言い交わしながらローラーテーブルから離れたものだ。

主人公の篠原辰吉は、大正八年八月、製鉄所の軌条工場の本職工になった。線材工場で働いていた兄が、真っ赤に焼けた鋼材に腹から背中を突き刺されて殉職し、身代わり採用されたという設定で、家に残った美しい嫂に恋い焦がれながら、世の中の仕組みを知ろうとしている。

その辰吉が、スト破りに動員されて伝馬船で逃げ出したあと、海に放り出されてしまった。以下はラストシーン。

そうだ、沈みかかるとき、辰吉は流星がいま燃え尽きようとしているのを知った。オレは叫ぶ。立派に叫ぶ。聞いてくれ、みんな。辰吉は、準備を整える。いまオレは、素晴らしい文句を思いついたのだ。オレは叫ぶ。立派に叫ぶ。聞いてくれ、みんな。辰吉は準備を完了した。水面から沈み際に、流星が燃え尽きたのを見た。
「無産者、万歳」
辰吉は、すかさず叫んだ。

六〇年安保闘争の直前、わたしは分塊圧延工場から総務部広報掛へ異動になり、社内報『くろがね』の記者になった。しかし、日本共産党に近づいて入党して、労組の総務支部長に就任するなどした。要するに「文学活動は実践を伴わねばならない」と思い込んでしまったのだが、八幡製鉄所細胞の方針とことごとく対立し、六三年五月に「ジャンケンポン協定」で第三回新日本文学賞を受賞したあと、〝反党修正主義者〟のレッテルを貼られ、なぜか会社をやめたくなり、六四年七月に夏のボーナスをもらい、「職業作家になる」と辞表を提出したのである。

それが二十七歳のときで、「裁判傍聴業」を兼ねた小説家として、現在は七十四歳である。今回こうして「葉山嘉樹とわたし」と題したエッセイで、何を訴えようとしているのか、自分でもよくわからない。しかし、二十代の前半に「セメント樽の中の手紙」を読んで大いに刺激され、職場作家とか労働者作家と呼ばれながら、ひたむきに生きてきた。そのきっかけになったのが、「葉山嘉樹・真実を語る文学」であることを、主観的事実として記したのです。

二〇一二年二月十六日　北九州市門司区の風林山房にて

葉山嘉樹・真実を語る文学❖目次

葉山嘉樹とわたし……佐木隆三　3

Ⅰ　葉山嘉樹と現代

1　だから、葉山嘉樹……椥沢　健　15
2　葉山嘉樹と故郷豊津……川本英紀　47
3　葉山嘉樹の一面……葉山民樹　58
■講演会「プロレタリア作家葉山嘉樹と現代」印象記……和田　崇　63

Ⅱ　葉山嘉樹・人と文学

1　葉山嘉樹の文学……前田角藏　67
2　働くこと闘うこと、そして命　葉山嘉樹の労働と文学……峯村康広　69
3　葉山嘉樹の魅力　Ⅱ……浅田　隆　75
4　葉山嘉樹　プロレタリア文学だけでは、くくれない……丹野達弥　85
5　「死」をめぐる邂逅　葉山嘉樹と萩原朔太郎……野本　聡　90
6　堺利彦農民労働学校のアドバイザー葉山嘉樹……小正路淑泰　97
7　「満洲開拓」と葉山嘉樹　アイデンティティー喪失と回復への旅立ち……鈴木章吾　115

Ⅲ　葉山嘉樹・回想とエッセイ

1　葉山嘉樹さん……鶴田知也　129
2　八景山　葉山嘉樹　故郷思い異国の土に……広野八郎　132
［付論］広野八郎のこと……大﨑哲人　135
3　葉山嘉樹　気骨のあるサムライ……小牧近江　137
4　恨みの一節……宮原敏勝　141
5　葉山嘉樹終焉の地・徳恵を訪ねて……垣上齊　143
6　葉山嘉樹の転向問題について……塚本領　146
7　三つの文学碑物語……古賀勇一　148
8　葉山嘉樹と里村欣三……大家眞悟　153
9　『葉山嘉樹への旅』と韓国……原健一　161
10　葉山嘉樹と室蘭　文学碑建立とエピソード……西原羊一　167
11　葉山嘉樹・鶴田知也と現代……玉木研二　173

葉山嘉樹主要参考文献　177
編集後記　182

I　葉山嘉樹と現代

葉山嘉樹の長男民樹氏。福岡県みやこ町八景山の葉山嘉樹文学碑にて（2011年11月，撮影：大家眞悟）

＊本章は、二〇一一年十一月六日、福岡県みやこ町・豊津公民館で行われた講演会「プロレタリア作家葉山嘉樹と現代」の記録を基にした。講演の順序を入れ替えている。

1

だから、葉山嘉樹

糊《くるみ》沢《さわ》 健《けん》
早稲田大学講師
文芸評論家

時間の流れは不思議で恐ろしい

本日は「だから、葉山嘉樹」と題してお話しいたします。いま、葉山嘉樹が時代に必要とされています。こういう時代だから葉山嘉樹を読まなければならない、あるいは、いまだからこそ読み直さなければいけない、出会い直さなくてはならない、そのような思いを込めて、今回の講演は「だから、葉山嘉樹」という題を付けた次第です。

ちょうど二〇〇八年にサブ・プライム問題をきっかけにリーマン・ショックが起きて、日本でも貧困と格差と差別の問題が大きなニュースになりました。製造業による派遣切りによって大量の期間工や非正規労働者が仕事とともに住む家を追われ、年末の路上に放り出されたことは、記憶に新しいと思います。この非正規労働の矛盾と差別は未だに解決されていませんね。むしろ後退しています。

そうした事件があった二〇〇八年ごろに日本のプロレタリア文学がもう一度読み直される、そういう現象が起きました。「蟹工船ブーム」と呼ばれているものですね。小林多喜二の『蟹工船』が現代の、とくに若い世代を中心に、自分たちの置かれている雇用や生の不安定さ、あるいは新自由主義政策の下で広がる格差や貧困の問題と非常に近しいものとして読み直された、そういう現象だったんですね。

二十年ほど前に社会主義が崩壊して以後、「歴史の終わり」が語られ、資本主義の一人勝ちが声高に語られました。そうした中で、もうプロレタリア文学なんて二度と読まれないだろう、読む奴は馬鹿だ、そういう空気が生まれ、ここ二十年ぐらいずっとつづいてきたと思うんですね。

ところが、時代の流れというのはそんなに単純なものじゃないし、一度死んで馬鹿だと嘲笑されたものが、もう一度われわれにとって親しいものとして甦り、迫って来る。これが歴史の不思議であり、また時間の皮肉だと思うんです。もうダメだ馬鹿だと宣告されたものが、いまこそ必要だというふうに、われわれにとってもっとも親しい切実なものとして甦ってくる。二十年前、おそらく『蟹工船』や葉山嘉樹を読んでも、まあこういうものも日本近代文学の名作の一つとして、文学史や歴史のひとコマとして読んでおけばいいんじゃないか、しょせん文学史や事典の一項目くらいの意味しかないけれど、とたぶんそれぐらいの扱いだったと思うんですね。

ところがいま読むと、全然違いますね。この時間の流れは不思議で恐ろしい。いつ読むかによって、印象や見え方が全然違ってくるものです。いまここにお集まりの方々は、年配の方もたくさんいらっしゃいますが、まさに北九州と福岡の戦後史そのものの重みをひしひしと感じますけども、おそらく昔、『蟹工船』や葉山嘉樹をお読みになったことがあるのではないでしょうか。そして、そのときに読んだ印象と、いまあらためて読み直した印象とでは、その手ごたえと読後感はずいぶん違うのではないでしょうか。文学というのは、いつ読んだのか、どんな時間の中で手に取ったのか、そういうことがとても重要なんだと思いますね。

本日はそういう観点から「いまなぜ葉山嘉樹なのか」、そして「葉山嘉樹の文学の面白さと読みどころはどういうところにあるのか」ということをお話ししたいと思います。「芸術としての葉山嘉樹文学の魅力とは何か、時代を超えて重要なものでありつづける葉山嘉樹の世界とはどういうものか」、そういうことを少しでもみなさんに納得していただけるようにお話しできたらと思います。

講演会「プロレタリア作家葉山嘉樹と現代」で講演する楜沢氏。2011年11月，福岡県みやこ町（撮影：山内公二）

馬鹿にはされるが、葉山嘉樹

少し最近の話から始めたいのですが、先日十一月三日に文化勲章の授与式がありました。今年は文学者が選ばれました。丸谷才一さんですね。その受賞のコメントが新聞に出ていて目にとまりました。「学問も芸術も面白がることが大事。褒美をもらうのは二次的なことだが、馬鹿にされ、けなされるよりはずっといい」。こんなコメントを残しているんですよ。

「馬鹿にされ、けなされるよりはいい」。これを読んだときに「来たな」と思いましたね。じつは今回、みなさんの前で何からお話ししようかと悩んでいたんです。何しろ葉山嘉樹生誕の地ですから、葉山嘉樹の文学碑に刻まれた言葉、わたしも大好きな言葉のひとつなんですが、「馬鹿にはされるが真実を語るものがもっと多くなるといい」をくりかえし反芻《はんすう》しながら、どうしようかと悩んでいたんです。馬鹿にされ、貶されることを恐れて、いったい何ができるのか。そんな言葉を残して無念のうちに死んだ葉山嘉樹のことを考えていたら、不思議なことに丸谷さんがちゃんと「馬鹿」つながりでネタをくれたんですよ。二つの「馬鹿にされ」の違いは、じつに噛み締めがいがあります。

いろんな意見がもちろんあると思いますけども、基本的に勲章というものは差別の根源だと思います。人の一生というものを、仕事や業績や生き方を、国家が表彰し、天皇という権威が授ける。国家と権威に深々とお辞儀をして勲章を頂戴する儀式の様子が、必ずニュースで放送されますが、こういう権威におもねる儀礼的な身ぶりそのものが「文学」というものに反するだろう、というのがわたしの考えです。

勲章を禁止した憲法というのは、ちょうど葉山嘉樹が生きていた時代にあったんですね。第一次世界大戦後の一九一九年に「ワイマール憲法」というのがドイツで制定されます。その第一〇九条が「平等原則、男女同権、称号の授与、勲章」についての条文で「勲章および栄誉勲章は、これを国が授与することは許されない」とあるんです。勲章の禁止が男女同権と同列に置かれていることが何より目を引きます。こういう素晴らしい先進的な憲法が当時生まれているんです。葉山嘉樹はまちがいなくこういう時代に育った作家です。プロレタリア文学の作家というのは、みんなこのような同時代世界の新しい思潮に出合い、影響を受け、深く胸に秘めて生きてきた人たちでした。

いまなぜ葉山嘉樹なのか、なぜ葉山嘉樹を読み直さなければいけないのか。おそらく、こういう問題を考え、批判的にも受けとめるためにも、葉山嘉樹を読み直す必要があるのだと思っています。

「馬鹿にはされるが真実を語るものがもっと多くなるといい」のとおり、葉山嘉樹の一生は「馬鹿にはされ」の連続でした。実際に作家として活躍した時間というのはわずか八年ほどですね。プロレタリア作家と言いますけれども、わずか八年ほど活躍できたにすぎないんです。プロレタリア作家というのはみんなそうですね。要するに、書くことを許されないんですから。書くことができた八年、じゃなくて、かろうじて許された八年。その後、徹底的に弾圧を受けて書けないようにされるわけです。

そのような状況の中で葉山嘉樹は、それでもなお言うわけです。「馬鹿にはされるが真実を語るものがもっと多くなるといい」。馬鹿にされ、貶され、冷笑されることを、葉山嘉樹は恐れませんでした。むしろ、馬鹿にされ、貶され、冷笑されないで、いったい何ができるか。きっとそう考えていたでしょう。それが彼の不服従であり、不同意の現れ、決意の現れだというふうに考えられますね。彼の作品をひとつひとつ読んでいきますと、馬鹿にされ、貶され、じっと耐えることを強いられながら、しかしけっして服従しない人々、そういう人々にずっと寄りそう作品を書いてきたことが分かります。

資本主義が暴走した、この二十年

なぜいまプロレタリア文学が再評価され、『蟹工船』が読まれるようになったか、ということを簡単にお話しいたします。それを考えるためには、やはりこの二十年余りの時間が何であったのか、ということを整理しておく必要があると思います。先ほど申しましたように、二十年前に社会主義が崩壊し、資本主義の一人勝ちが始まりました。崩壊の必然性は否定しようがないにしても、その代償として、われわれは資本主義の暴走を止める政治的・思想的な拠点、いまを止め批判する拠点や根拠というものをいっさい失ってしまった。それこそがこの二十年間、われわれが直面してきたことであり、いまもなおその迷走の渦中にいます。

いまがいかに悲惨で、受け入れがたいとしても、それを批判し、拒絶することが以前にも増して容易ではなくなった、そういう二十年だったということです。その結果が貧困や格差、労働環境の崩壊に直面するわれわれの現在にほかなりません。

二〇〇八年の師走に「年越し派遣村」ができたときには、非正規労働者が仕事とともに住まいを追われ、真冬の路上に放り出されました。いわゆる「派遣切り」です。この事件は、まさに資本主義の暴走の帰結でした。こういうことを、われわれはそれまで許していなかったはずですね。許していなかったことが、この二十年の間に簡単に許されるようになってしまった。「派遣切り」は、それを象徴する事件だった。批判をすることが難しいだけでなく、「やはりおかしいんじゃないか」、「許されないんじゃないか」、そのように言うことさえ「馬鹿だ」、「社会主義が崩壊したのに何を言うか」と言われる、そんな二十年間の帰結のひとつが「派遣切り」だったと言えます。

葉山嘉樹の「馬鹿にはされるが真実を語るものがもっと多くなるといい」という言葉は、「馬鹿」にされつづけてきた、この二十年間のわれわれのあり方にこそ向けられた言葉だというふうに考えられますね。葉山嘉樹やプロレタリア文学を考え直すとき、この二十年間の酷さと悲惨を整理することから始めなければならない、とつくづく思います。

たとえば、二十年の酷さと悲惨を考える一例として自殺の問題があげられます。自殺者がいまどれくらいの数に上るかご存じですか？　一九九八年から毎年、三万人以上の自殺者が出ているんですね。日本は世界有数の「自殺大国」です。上位の国は、ほとんどが旧社会主義国だった東ヨーロッパの国々です。リトアニア、ラトビア、それからハンガリーやロシア。つまり社会主義が崩壊して社会の仕組みが一八〇度ひっくり返った。あの激動の中で自殺者が増える。ある意味やむを得ない部分もあると思うんですね。

しかし、いわゆる「西側先進国」の一国で、革命も社会体制の激変も起きていない日本が、一九九八年から十三年連続で三万人を超えて、旧社会主義国に次いで「西側先進国」断トツのトップに君臨している。これをどう考えるかってことですよね。二〇一〇年の自殺者数は、先日の警視庁の発表によれば約三万一〇〇〇人ですね。この数字が多いのか少ないのか、この数字をどう扱えばいいのか、この数字を受けとめるためには、何か別の事件や数字と比較しなければ分かりません。

たとえば、今回の東日本大震災の犠牲者はいまどれぐらいか。正確な数ではありませんが、約三万人近くになると予想されています（注：その後、重複した死者・行方不明者数の整理が進み、警察庁の発表によれば二〇一二年一月現在、犠牲者は約二万人）。自殺者の数と重なる。そう考えると、日本は毎年、東日本大震災を迎えている、という言い方が可能になります。東日本大震災は未曾有の事件でしょう。だけど自殺者の数を、はたしてわれわれは震災の犠牲者数と同じようなものとして受けとめているでしょうか。非常に疑問です。だいたい自殺者数の記事はいつも小さいんです。新聞の片隅です。おそらくこういう問題は、あまり表に出したくないんでしょうね、国も警察も。

そもそも、この三万一〇〇〇人という数字自体かなり怪しいです。行き倒れ、不審死、行方不明者を加えると、三万人というのはかなり少なく見積もった数でしょう。しかも自殺者というのは、これは不幸にして〝成功〟してしまった人たちにすぎません。助かった未遂の数を含めれば、軽く十倍の数にはなるでしょう。三十万人という数を直視しなければ、われわれが直面している悲惨と不幸はなかなか浮かび上がってこないということです。

はじめて読んだ気がしない『セメント樽の中の手紙』

本日は、葉山嘉樹の小説の一部を印刷して用意しました。葉山嘉樹を知ってもらうには、まず何よりも作品を読んでもらわなければ始まらない。作品と出合う体験を持たなければ、読んで面白いと感じなければ、いくら歴史として重要だと力説してもあまり意味がないし、残らないし、力を持たない。作品を手に取る人が増える、そして面白さを理解する、そしてそれを人に口伝えできる、面白さを口伝えできる。そういうふうにして人々の間で作品が共有されてゆき、読みが広がっていくことが非常に重要だと思います。読んでごらん、じゃダメなんです。まずは、これはこんなふうに読める、こういうふうに面白いんだ、ということを、人に伝えることができなければ、重要な作品というのはわれわれの財産にならない。だから作品の解釈、読みというのは重要です。そういうことも考え、本日は『セメント樽の中の手紙』と『移動する村落』という二つの作品を用意しました。

『セメント樽の中の手紙』というのは、非常に短い作品で、ここに用意したプリント一枚分、これですべてなんです。おそらく日本の近代文学の中でももっとも短い作品のひとつと言えるでしょうね。短いけれども、いろいろな問題が詰まっている、不思議な小説です。

この作品を初めて読んだ読者に感想を聞くと、「この話、知っている」という答えがしばしば返ってきます。「読んだことあるの？」と聞くと、「いや読んだことないけど、どこかで聞いたことがある、知っている」と言うんです。作者名も作品名も知らないけれど、お話だけはなぜだか知っている。不思議と言えば不思議なのですが、初めて読んだ気がしない、というのが『セメント樽の中の手紙』という作品であり、葉山嘉樹という作家の大きな特徴なんです。

セメントに呑み込まれた労働者が粉々になってしまうという話は、どこかで聞いたことがある。それを恨み嘆き、その悲しみを手紙に綴り、返事を寄こしてほしいと求める女性の話も、どこかで聞いたことがある。やはりこれが葉山嘉樹の大きな特徴で、どこかメルヘンとかおとぎ話とか、そういう口伝えで語り継がれてきた物語のような特徴を持っているんです。実際にこの作品を読むと、たしかにそういう印象を受けます。何か嘘のような本当のような、本当のような嘘のような、夢のような夢じゃないような感じですね。長い時間の中で多くの人たちによって語り継がれてきた話がそのまま形になっているような、そういうおとぎ話のような感じですね。

こういう不思議な印象は当時から指摘されていて、やはり「メルヘン」という評価もあるんです。おそらく『セメント樽の中の手紙』という作品は、そして葉山嘉樹という作家は、何かわれわれの中にすでに入り込んでいるもの、親しいものなんでしょうね。これが不思議なんです。

他の作品も、非常に不思議な味わいのものが多いんです。葉山嘉樹は思想的・論理的、理屈っぽいところが全然ない。小林多喜二をはじめ他のプロレタリア文学の作品というのは非常に理路整然、啓蒙的で理屈っぽい面がある。ときにはそれが「押しつけがましい、図式的」だという印象につながる。ところが、葉山嘉樹にはそういうところが全くありません。

葉山嘉樹の意味は、世界に目を向けると見えてくる

では、このような葉山嘉樹の世界はどこから出てきたのか。実はよく分からないんです。日本文学の影響や接点がほとんど見られないからです。突然変異のように現れたという感じなんです。小林多喜二ならば志賀直哉の影響や接点がある。他のプロレタリア作家も、白樺派や自然主義の影響というものが強くある。ところが葉山嘉樹というのは、そういう日本文学の伝統から切れているんです。他の作家や作品や思潮について書いたもの、作家論や文学論のようなものもほとんど残していないんです。小林多喜二ならば志賀直哉、中野重治ならば漱石、啄木、犀星というように影響や意識の系譜というのが存在します。ところが葉山嘉樹には全くそういうものが見当たらないんです。日本の文学の中で自分がどういう流れの中にいるかに、ある意味全く関係なく生き、書いている。

葉山嘉樹の意味は、むしろ世界に目を向けるとはっきりと見えてきます。たとえばロシア文学です。ゴーゴリ、あるいはゴーリキー、ドフトエフスキーについて、彼自身書いていたように、大きな影響を受けています。しかしそれ以上に大いなる接点が認められるのが、葉山嘉樹自身は何も語っていないし、おそらく全く読んでもいないし、意識もしていなかったでしょうが、同時代世界の革命文学です。葉山嘉樹を日本の文学の問題だけで考えると、その意義などはっきりするわけがありません。彼を同時代の世界文学の中で位置づけると、葉山嘉樹は世界の思潮とつながる世界文学なんだとよく分かります。影響や接点以前に、彼は世界の革命文学なんて、きっと読んでいなかったでしょう。ところが、読んでいないけど同じようなものになっている、接点が生まれてしまっている。「そんなもん知らねえ、俺は読んでいねえ、考えてもいねえ」ときっと彼は言うでしょう。だけど問題や手法を共有している。これがまたもうひとつの葉山嘉樹の不思議で面白い点です。

この当時、第一次世界大戦後のヨーロッパで、葉山嘉樹と時期的に重なって出てきたのがダダやシュルレアリスムですね。これは全く新しい、特に第一次世界大戦の悲惨を体験した若い世代の中から生まれた革命文学・芸術運動ですね。葉山嘉樹の世界は、このダダとシュルレアリスムの世界や手法と非常によく似ているんです。葉山嘉樹をはじめ日本のプロレタリア文学は、その可能性を思う存分開花することができないまま弾圧されてしまったということを、やはり押さえておかなければならないと思います。

今日残されているプロレタリア文学がすべてではありません。それは、まだほんの駆け出しの一部に過ぎません。弾圧で花開くことなく潰された可能性に目を向けることなく、これですべてだと言ってしまったら、何だか可哀相です。ほんとうに可哀相だったと思います。

葉山嘉樹なんか、ずっと特高に監視されていたので仕事なんて就けませんでしたから。子どもの進学だって妨害される。山間の鉄道工事、ダム工事と、どこに移住したって特高がついてくる。そして「あいつはアカだ、非国民だ、スパイだ」と吹聴してまわる。民衆に包囲させる、これがやはり特高のやり方なんですね。民衆を煽動して、白い目を組織して包囲させる。どんどん共同体に居れないように追い詰める。「馬鹿にはされるが真実を語るものがもっとふえるといい」という言葉の裏には、こうした葉山嘉樹自身の体験に裏打ちされた重みと覚悟が感じられます。

船員としての労働体験からつかみ取られた新しい感覚と思想

話が飛びましたが、同時代世界の革命文学との接点を葉山嘉樹の文学は持っています。しかも思想や理論や理屈ではなく、そういったものを超えて感覚的につながっている。そうした側面について考えるとき非常に重要なのが、葉山嘉樹が船員労働者として働いていたこと、海を通じて世界とつながっていたこと、そういう体験を持っていたことです。『海に生くる人々』をはじめ初期の作品の多くは船員時代を扱っています。第一次世界大戦の好況を背景に、石炭を積んで、インドや東南アジアやヨーロッパに運ぶ、そういう海上労働を舞台にした小説作品が多くて、葉山自身も石炭船に乗ってインドやシンガポールを回っているんですね。

海を舞台にした船員小説群を読むと、なぜ彼が世界の革命文学と接点を持っているのか、ということが非常によく分かります。たとえば『海に生くる人々』を読むと、まあ見事なまでに船員英語がいっぱい出てくるんですね。カタカナがたくさん出てきます。これぐらいカタカナがいっぱい出てくる小説というのは、そうない。おそらく当時でもかなりハイカラな印象を読者に与えたんじゃないでしょうか。

同時代の作家が、やはりこの点に注目していて、葉山嘉樹の文学は「ハイカラ」だと言っています。さらに興味深いのは、船員英語がたくさん使われているだけじゃなくて、その発音の表記が非常に面白くて、これがまた実に葉山嘉樹らしいのです。船員のイギリス人らが使う英語のスラングを、そのまま使うんです。例えば、「ゴー、アヘッド（go ahead）」は「前に進め」ですね。船員が大きな声で「ゴー、アヘッド」と叫びます。しかしイギリス人の発音は「ゴー、アヘッド」じゃなくて「ゴーヘー」と聞こえます。それがスラングです。世界を航海する船員はみなこのイギリス人並みのスラングを真似して気取るんです。葉山嘉樹もそうです。だから小説中では必ず、「ゴー、アヘッド」なんてダサイ発音の表記ではなく「ゴーヘー」という発音の表記を採用するんです。「ゴー、アスタン（go astern）」、すなわち「後退しろ」も同じです。「ゴー、アスタン」ではなくて「ゴースタン」になる。面白いのは、このようなスラングを使うのが、船員の中でも学校出の船長や航海士や技術士などではなくて、雑用専門の下級船員だという点です。葉山嘉樹も便所掃除係として船に乗り込んでいます。

また、『海に生くる人々』に出てくる船員の一人が、ステキなオーバーを着ているんですね。いろんなガチャガチャしたような模様がついたオーバーを着ていて、「これ、ロンドンで買ったんだぜ」と船員が自慢をするんです。その絵がまるで「未来派」のような模様だ、というふうに書かれている。未来派とはダダやシュルレアリスムと並ぶ、同時代に花開いたアヴァンギャルドと呼ばれる、新しい革命芸術ですね。

そういう船員の中で最も底辺の雑用係として使い捨てにされる労働者が、未来派デザインのオーバーを羽織り、船員英語のスラングをそのまま使っている、つまり最も先進的かつインターナショナルであるというところが、いかにも葉山嘉樹なんですね。これは日本の近代文学者のエリートがヨーロッパに行って、新しい思潮を仕入れて、評論や小説を書いて、向こうの芸術用語を紹介する、というようなことと全然意味が違うんですよ。海上労働の底辺で世界とつながっていて、そこからつかみ取られてきた新しい感覚と思想なんです。それが彼の文学に、理屈じゃない、きっと何も読んでいないだろうけれども、世界と不思議につながる要素を与えている大きな理由じゃないかと考えています。

「偶然」こそ、葉山嘉樹の芸術をとらえるキーワード

以上の点を踏まえて、では葉山嘉樹の芸術をつかまえる上で最も重要な特徴は何か、それをひとことで申し上げますと「偶然」ということなんです。「でまかせ」なんです。彼の文学というのは、当時のプロレタリア文学に見られる論理的・思想的・構築的・啓蒙的な要素を全く持っていない。そういう作り方になっていないんです。プロレタリア文学は集団文学であり運動ですから、目的と意図を明確に持って主人公を配し物語の展開とテーマを決めていく、そういった作り方や方向性はある意味当然であり、また重要であり必要です。しかし葉山は良くも悪くも、すべて「でまかせ」。そして偶然にまかせて、何も考えないで何かを書いていったら、いつの間にかこうなっちゃった、というような作品ばかりなんです。何か言葉を放り投げます、するとその言葉が勝手に転がっていく、そんな感じですね。

たとえば、わたしがいまここでひとつの言葉を用意します。あるいは手紙でもいいです。はじめにわたしが何か言葉を書きます。それをこの会場にいるみなさんに渡して、順番にその言葉に何かを足していただきます。どんどん次の人に渡していただく。それがバーッと会場を一周してわたしの手元に戻ってきたときに、何か不可思議な言葉の連なり、もしくは集合が出来上がっています。それをそのまま作品として発表してしまう。これが当時のダダやシュルレアリスムの芸術の作り方、考え方なんです。誤解を恐れずに言えば、これが革命文学なんですよ、当時の世界の。つまりどういうことかというと、作者がすべてをコントロールしない、芸術というのはみなでつくるもの、集団でつくるものだという考え方なんです。

ダダに「帽子のなかの言葉」という遊びがあります。帽子を用意します。新聞紙を持ってきて、言葉を全部切り抜きます。そして記事の言葉をバラバラにするんです。それを帽子の中に入れて、順番にみんなでひとりずつ引いてもらう。その引いた順番に従って並べていくんです。そうすると参加者全員が全く予想さえしていなかった何かが、そこから浮かび上がってくるんですよ。新聞紙に書いてある言葉から「新聞紙に書かれていない物語」が浮かび上がるんです。それは、たまたま偶然そこに集まっている人たちの集まり方、順番や引き方という偶然によって決まる。これを別の場所や、別の集団で行えば、きっと全然違うものになるでしょう。浮かび上がったものは、そのときのその集まり方、集団の個性とも言えるわけです。この方法は、そのときその場所に偶然居合わせた人々の、その集まり方を無駄にしない、大切にするという考え方に支えられています。そこに偶然集まった集団の集まり方には意味がある、そこには大切な意味がきっと隠れている、というわけです。

手紙ではなくビラだったら、平凡な作品に終わっていた

このような観点から『セメント樽の中の手紙』を読み直すと、この作品で最も重要なのは「手紙」が使われていることです。セメント樽で働いている飯場労働者がセメント袋を開けると、手紙が出てきます。内容は労働災害です。コンクリミキサーに落ちた恋人がセメントになってしまった。恋人の混じったセメントはできれば使わないでほしい。もしそれができないならば、せめてどこに使ったか、何に使ったかだけ教えてほしい。手紙を拾ったあなたのことも、できれば名前と住所も教えてほしい、そんなことが書いてあるんです。

ここでまず重要なのは、手紙だが、しかし宛名がないという点です。つまり先ほどから申し上げている、偶然にまかせる、という問題が出てくるんです。誰が拾うか分からないけれどとりあえず手紙を忍ばせて、それを誰かが拾った瞬間に物語が始まる。手紙というのは対話的なものです。返事を予想します。自分ひとりでは成立しないものです。他者がいてはじめて成立する。返事が返ってこないうちは、書いたことはそのまま宙吊りのままになります。要するに、手紙というのは自分の意志ではすべてがコントロールできない世界なんです。ここでは、自分が作るというより、偶然に手紙を拾った人間に、返事を要求することで、ある意味その物語の次の展開をその人に委ねていることになります。もしこれが手紙ではなくビラだったら、このような偶然という要素が上手に機能しない平凡な作品で終わっていたでしょう。

もちろん、これはさっき言った、偶然を生かすダダやシュルレアリスムの方法と重なります。自分はきっかけを作るだけです。あとはみなさんが物語を引き継いで作っていくんです。こういうふうにみんなで作る。ひとりで作らない。そしてみんなが参加できる。芸術を作ることに参加できる。そして参加することに意味がある。先ほどの帽子の話でいうなら、そこから言葉を引きあてるひとりひとりの行為は、だからすべて意味がある。

るんです。ひとりも欠けてはいけない。ひとりひとりが引くことに意味があるということは、大げさな言い方をすれば、ひとりひとりの存在に意味がある、ということです。そしてその意味を無駄にしないということなんです。これがいわゆる集団芸術のあり方であり、プロレタリア文学が集団の芸術だということの意味でもあります。

もちろん『セメント樽の中の手紙』という一作品だけで、それをすべて言うことには無理があるかもしれません。しかし、少なくともこうした未踏の集団芸術の可能性をはらんでいたことだけはまちがいない。そして実際、この作品はプロレタリア文学のひとつの創作のあり方や理念を指し示しました。小林多喜二の壁小説『テガミ』をはじめ多くのプロレタリア文学の作品に、『セメント樽の中の手紙』の影響が見られます。プロレタリア文学にとって偶然の出会いや対話というテーマがいかに重要であったかがよく分かります。

読者に物語の次の展開を委ねること

この小説は、みなさんにお配りしたプリント一枚、これで全部です。女工の手紙は、「私はNセメント会社の、セメント袋を縫う女工です」から「あなたも御用心なさいませ。さようなら」というところまでですね。これがセメント樽の中から出てきた女工の手紙なんです。宛名もない手紙を、ひとりの男が偶然拾う。読むと「お返事を下さい」と書いてある。最終的に、この男が返事を書くかどうかよく分からないところで小説は終わります。このように「返事を下さい」と要求しているところが、先ほど言いましたように、紙に言葉を書いて、もしくは帽子から言葉を引いて次の人に渡す、そういう方法と重なります。読者は読みながら返事を想像します。返事をください、という要求がなかったとしても、手紙である以上、返事というものを想像せざるをえない。手紙とはそういう他者との対話を前提とした形式だからです。返事を求めているのに、返事を男が書くかどうか分からないまま小説が終わっている。読者は何だか消化不良のまま放り出されます。読みながらあれこれ浮かんだ返事の可能性が、宙に浮いたまま余韻として残ります。つまり、読者に物語の次の展開が委ねられているんです。ある意味、読者の数だけ返事の可能性が次々に浮かび上がります。これこそが、小説自体は短いけれども、けっして短さを感じさせない大きな理由なんです。

手紙の書き手は若い女性です。言葉遣いも、いまで言う「ギャル」でしょうか。「いいえ、ようございます」、「構いませんわ」、「あの人は優しい、いい人でしたわ」という女学生のような言葉を使うのに対して、手紙を拾ったのは「オヤジ」なんです。七人目の子どもが生まれようとしている子だくさんで、家庭を持ち、貧しい生活を背負って身動きできないようなオヤジの労働者なんです。

この労働者は、山間のダム工事で働く飯場労働者です。このことがまた重要なんです。労働者にもいろいろあります。家族で、飯場で生活しながら働いている。飯場から飯場、ダムからダムを渡り歩く労働者です。工事が終われば飯場をたたんで、次の現場へ移動する。つまり、ここには住所というものがない、そしていずれは消えてしまう場所なんです。この小説の不思議で面白い特徴は、ビラではなく手紙が登場し、その手紙に宛先がないということでした。宛先のない手紙を出したら、宛先のない場所に、宛というものを持たない人間のもとに届いてしまったということなんです。偶然と言えば、まあ何という偶然の連鎖でしょうか。飯場がいずれ消え、住所がないというところを上手に生かしたものだとつくづく感心します。つまり、当たり前のように住所があり、でーんと家を構えていて、「わしの家はここじゃい、返事のやり取りはここに送ってくれ」というような人間が宛のない手紙を拾っても、あんまり面白くないですよね。

ところがここでは、拾う人間が定住できるような家を持っていないんですよ。次の工事があるから、どこに行くか分からない。つまり住所を転々とする人間です。いまで言えば、会社の寮を転々とする派遣労働者と重なるでしょうか。そういう人間に宛のない手紙が届いてしまうんです。偶然とはいえ、こういう人間の境遇というものが、宛名のない手紙であることによって逆に浮かび上がる。葉山嘉樹は、全国をこのように移動しながら生きる人たちをいっぱい見ていますね。そういうところには日本人ばかりでなく朝鮮人もたくさんいる。『移動する村落』という、次に紹介する小説には朝鮮人労働者も出てきます。もし手紙を拾うのが朝鮮人であったら、この物語はいっそう複雑な様相を呈するでしょう。どんな返事が考えられるでしょうか。簡単ではないはずです。でも、そういうあらゆる可能性を考えさせる小説なのです。先ほど申しましたとおり、この小説は読者に手紙の返事を想像させ、あれこれ考えさせるような終わり方をしています。ある意味、読者に物語の次の展開を委ねているんですね。これが葉山嘉樹の小説の書き方です。「次の人に任せた。あと俺は知らんから」という感じでしょうか。

文学のないところに、運動は生まれない

しかし、返事をあれこれ想像するけれども、この手紙に返事を書くことは簡単ではないですよ。そう思いませんか。〝恋人〟の混じったコンクリを全身に浴びながらミキサーに放り込んで、もうすぐ完成するダムへとひたすら流し込む。それをやってしまった後に、この手紙を男が読んでどう思うか、どんな返事を書けるのか、ということなんです。「あなたの恋人は不幸にも、わたしがミキサーに流し込んで、そのままダムの壁になりました」と書くんでしょうか。「だから一度、ダムにお参りに来たらどうですか」とでも言うんでしょうか。男は手紙にショックを受け、やり場のない怒りやムカつきでいっぱいになっているでしょう。いったい何をどのように書けばいいのでしょう。

手紙を読んで男は「へべれけに酔っ払いてえなあ。そうして何もかも打ち壊して見てえなあ」と家族の前で怒鳴ります。でも家族と生活を抱えて働くこの労働者は、暴れたくても身動きがとれない。暴れたくても、お

となしくセメントを右から左へ送るしかないんです。セメント会社に訴えて暴れたら、自分がクビになるだけですから。だけど「あなたの訴えには何とか答えたい」とも思っている。そういう自分の中で渦巻く矛盾、情けなさ、卑怯さ、臆病さ、保身、罪悪の思いを、どう整理して返事として綴ることができるのでしょうか。手紙の言葉だって、若い女性と、妻子持ちの中年男性の間です、世界に落差があります。

この小説は、読者であるわれわれに、それらをすべて想像し、埋めることを要求しているんですよ。対話が重要とはいえ、それは簡単ではない。うまく対話ができない、できにくいということがまたこの小説のテーマになっています。

ものを書くというのは簡単ではないんです。だけど書かなきゃいけないんです。こういうふうにひとりひとりが書くことに参加しなきゃいけない。この女工に対して、あなたならどういうふうに返事を書くか、考えなきゃいけないんです。言葉と対話なんです、運動というのは言葉と対話なんです。こういうものに対して、それぞれの立場からどういう言葉や返事を返すことができるのか。そこから運動って始まるんだと思います。こういうことを無視して、いきなり「みんな団結しよう」なんて言ったって、団結なんかできませんよ。

女工の問いかけに対して、どういう言葉をかけてあげられるのか、どういう物語を投げ返してあげられるのか。そういう想像力なくして連帯や団結はありえないということです。だから文学は重要なんですよ。文学のないところに、やはり運動は生まれないんです。言葉や対話を繊細に扱う感覚や想像力なくして、運動も何もないですよ。そういうことをこの小説は、八十年以上経ってはいますが、いまだにわれわれに投げかけているんです。だからこの小説はいまだに古びないし、重要でありつづけているんです。

なぜ葉山嘉樹の小説には「子ども」が出てくるのか

次に、葉山嘉樹の重要なもうひとつの作品を紹介したいと思います。『移動する村落』です。この作品は『セメント樽の中の手紙』に比べ、まるで読まれていない、きちんとした評価もされていない、テキストも簡単に手に入らないのですが、素晴らしい作品だと思いますね。タイトルも素晴らしくて、わたしが最初にこの作品に出合ったときタイトルを見て、ヘディンの『さまよえる湖』を想像し、どんなことが書かれているんだと思いましたね。もうタイトルからして、日本離れしているんです。

この小説は「東京朝日新聞」の夕刊に連載されました。連載期間は、一九三一年九月十二日から翌年の二月までです。当初は二カ月ほどの掲載予定だったのですが、ちょうど連載中に満州事変が起きたため、何度かにわたって中断を余儀なくされ、結果的に半年近い断続的な連載を強いられた作品です。

葉山嘉樹の作品には子どもがよく出てきます。『セメント樽の中の手紙』もそうですが、男が手紙を読み終えて我に返ると、子どもがたくさんあたりをウロチョロしていて、泣き声や騒ぐ声が聞こえてきます。この作品も例外ではありません。物語は、父と娘が汽車に乗って山奥の飯場=移動する村落に向かう場面から始まるんですが、ここでも子どもが重要な役割を演じます。

子どもがなぜ出てくるのか。たとえば、こんなふうに解釈できると思います。常に小説に子どもがいる、つまり常に低い目線がある、そういう視点がウロチョロしている。大人が見ているものを、低い視点から見ているもうひとつの目が存在している。そういう目を葉山嘉樹は常に意識していた。そんな解釈がひとつ、できると思うんです。そして、その子どもが、ここでは大人を質問攻めにしてギャフンと言わせてしまう。小説の冒頭から、そんな場面が出てくるんです。それがとにかく素晴らしい。

父親が食い詰めて一家離散となり、仕方なく七歳の娘を連れて汽車に乗って、途中から徒歩で、山奥の飯場に行くことになった。こんなふうに始まります。

花ちゃんは、生れて七年目にはじめて、そんな長い汽車の旅をした。関西線のG町の駅から、中央線のS村の駅まで、二度も乗り換えて、十時間もかかる汽車の旅であった。

花ちゃんはうれしくって絶えずはしゃいでいた。が、それを見ている親爺の虎さんは、陰気に黙りこくって列車の隅に腰かけたっ切り、花ちゃんの動くのに連れてその疲れ切った顔を動かす丈けだった。

七つといえば、男の子にしろ女の子にしろ、遅生れで無い限りは学校へ上る年なのだ。そして花ちゃんは早生れなのだが、学校へ行こうとして、汽車の旅をしているのでは無かった。

花ちゃんにはそんな事はどうでもよかった。いつまでも汽車の旅が続けばいい。そうすれば、種々な珍しいお菜の、食べ切れない程入ったお弁当が食べられるし、山が見えると思うと、もう雷様のような音を立てて、大きな川の上に懸った鉄橋を渡るし、その上、海までも見たのであった。

花ちゃんがはじめて汽車に乗る。目にするものすべてが新鮮でたまらない。楽しくてたまらない。子どもの視点から、世界が見慣れないものとして、生き生きととらえられています。葉山嘉樹の小説は、読者にこのような子どもの低い視点に降りてくるよう要求します。その次ですね、質問攻めです。

「何故、川は幅が狭くて長いが、海は幅だけで長さがちっとも無いのか?」などと花ちゃんに聞かれても、虎さんは反問する以外の法を知らなかった。

「どうして海には、幅だけで長さが無いってんだい」

「だってそうじゃないか、横許り広くってさきが無いじゃ無いか。あの帆懸舟の帆の一寸上までっきゃ無いじゃないか」

「花、お前は何だって海の長さなんか許り気にして、おっ母あの事を気にしないんだい。おっ母あの事を何とも思わねえかい」

「おっ母あは分かってるさ。のんだくれじゃ無えか。女のごろつきだって、ちゃんだっていってるじゃ無いか。だからよ、何だって海は幅丈けなんだよう」

「長さもあるんだけど、まだお前が小さいから見えないんだよ」

「そいじゃ大人になると見えるんだね。ちゃんは見えるかい。だったらどの位の長さがあるんだい」

「アメリカまでもあるんだ」

「じゃあ何尺位あるんだい」

といった調子であった。

こんな始まり方をするんですね。最初読んだとき、何てステキな書き出しだろうと感激しました。こういう新聞連載小説が載ったら、もうクギ付けですね。花ちゃんが大活躍する話なんですよ。世の中が新鮮で不思議でしようがないから、質問ばかりします。この質問、素晴らしいと思いませんか？「何故、川は幅が狭くて長いが、海は幅だけで長さがちっとも無いのか？」。これ、答えられますか。みなさんだったらなんて子どもに答えてあげますか。子どもというのは、ほんとうに偉大なんですよ。大人が答えられない、あるいは答えにくいことを、いやなことを、ちゃんと突いてくるんですね。

子どもはけっして問うことをやめない、黙らない

もちろんこういう感覚を、大人になるにしたがってだんだんわれわれは失っていきますね。大人になるというのは、こういう疑問や不思議だと思う感覚を失っていくことですから。こういう子どもの声に、われわれはいつでもちゃんと向き合いたいものだと思います。うまく答えられなくてもいいけども、「お前は何てステキなことを考えるんだい、天才かもしれない」、こういうひとことでも言ってあげたいと思いますね。

もちろんお父さんは疲れています。ずっと黙っている。人生に失望しています。そんな父親にとって、花ちゃんの質問は、答えられないというだけじゃなくて、きっとほんとうにどうでもいい、考えたくもないことに違いないんです。適当に答えているうちに、あまりにしつこいものだから、やがてこんなふうに答えるわけです。「うるさい、黙ってろ」、「そういうものなんだ」。まあ、これが世の親だと思います。

ところが花ちゃんは黙らないです。「だからよ、何だって海は幅丈けなんだよう」と何度も何度もしつこく問いかけてきます。まるで「答えろ、大人よ答えろ、だらしない、なぜ答えられない」と言わんばかりですよね。このような子どもの問いから、この小説は始まるんです。これが第一回目ですね。

そうすると第二回目も、またまた花ちゃんが大活躍です。花ちゃんはしつこいんです。

花ちゃんは、左の手で虎さんの半纏の裾をつかまえて、プラットフォームを、首振り人形のように忙しく眺め回した。

名古屋駅に着きました。大都会です。花ちゃん、もうびっくりです。

そして、そこには、花ちゃんが育って来た今までの生涯に、見た事も聞いた事も無い、一口にいえば、親方夫婦や妾などよりも、もっともっと立派な、どんな身分だか見当のつかない、多くの男女がすまし込んでいた。殊に花ちゃんを驚かせたのは、立派な格好の人間たちが「すまし込んでいる」ことであった。そういう「美徳」は、花ちゃんたちの生活の間には、発見する事の出来ない一つの表情であった。それは憤っているようでもあれば、嫌っているようでもあった。それが、花ちゃんには眼に見えないへいを、着物の外側に厳重に着込んでいるように感じられた。

「ちゃん。立派な人が、沢山居るなあ。あれは役人かい？」

と、花ちゃんは、半纏の裾をやけに引っ張って虎さんに尋ねた。

「ああ役人だよ」

虎さんは、中央線の列車に乗り込むまでは、駅売り以外に口を利くのが、いやだというよりもしゃくだった。

「ちゃん、あんなに沢山居るんだよ。何の役人だい。あんなに沢山居るのは」

「どこにだって居るよ。黙ってろ！」

虎さんは、こう怒るんですね。花ちゃん、ステキすぎます。もはやヒーローですね。こうなると、花ちゃん、次は、第三回目はどんな新鮮で破天荒な質問をして虎さんをやりこめてくれるんだろう、と読者は期待しないわけにはいかないでしょう。そして期待どおり、花ちゃんの大活躍はつづきます。

なぜこんなことを延々と書いているのか、もしくは書くことになってしまったのか。たぶん葉山嘉樹は何も考えていないと思うんですよ。もしかしたら長男の民樹さんが、花ちゃんのように父親に質問攻めする子どもだったのかもしれません（笑）。ちょうどこれを執筆しているときに、民樹さんに何かを問い詰められて参っていたのかもしれません。「ちゃん、何でちゃんはそんなに呑んだくれなんだい、何で母ちゃんに暴力を振るうんだい？」、「うるさい、黙ってろ！」、そんなやり取りだったかもしれません。その真偽はともかく、似たような体験があって、子どもは鬱陶しいが、何てステキなことを言うんだろう、などと感心しながら、一方で上手に答えられない自身の情けなさをかみ締めながら、ひたすら書きつづけていたのではないでしょうか。上手に答えられない、着地点のない花ちゃんの問いがどこへ着地するかなんて考えないまま書くのが葉山嘉樹なんですよ。「えい、なるようになれ」って書いたに違いないんですよ。

答えられない、答えたくない、答えがない、でも目をそらさない

第六回には、こんな質問が飛び出します。「何故、トンネルがあるか？」。さあ、みなさん答えられますか。

「何故、トンネルがあるか？」

という問いに対しては、虎さんは「それは山が高過ぎるからだ」とか、「おれ達の仲間が掘ったからだ」とか答えるだけであった。

しかし、そんな答えでは、花ちゃんは納得しませんよ。「では、高過ぎる山には、どこにだってトンネルがあるか？」と切り返します。素晴らしいですね、この切り返し。

「では、高過ぎる山には、どこにだってトンネルがあるか？」「何故それをちゃんの仲間が掘ったのか？」

「それを掘るのにはツルで掘るか、ジョレンで掘るか」だとか、切りの無い質問を連発したので、到頭、虎さんは何でもいいから一時も早く工事場へ着いた方が良いと思った。

「そう、手前のようにうるさく、何故、何故って聞くな。ちゃんが何もかも知ってるようだったら、こんな苦労はしやしないや。いいか、手前だってそんなに惨めで無くっても済むんだ。いって見りゃ、手前の知らない事あ、一つだってちゃんにも分ってやしないんだ。だから、一々うるさく、もう聞くなよ。分る時がくりゃすっかり分るようになるんだ。それまでは、だれにだって分るもんじゃねえんだ。分ったか」

と、すっかりしょ気込んで、虎さんは自分の娘に、まるで女房にでも話しかけるように、しんみりしていった。

花ちゃんは丸い目を、何かのメーター見たいにクルクルと回して聞いていたが、今度は黙ってうなずいた。

いま、三回分読んでみましたけども、注意していただきたいのは、第一回目と比べ第六回目の質問のほうが高度になってるんですよね。第一回目は、ある意味たわいもない質問です。「海と川の違いはなんだ?」、これぐらいだったら世の親だって答えてやろうと思うでしょう。でも、その後だんだん高度になっていって、たわいもないことから、聞いてほしくないことを聞いてくるようになるんですよ。第二回目は格差の問題でしょう。つまり、同じ人間なのに何でこんなに違いがあるのか。こういうことをおかしい、不思議だと子どもは素直に感じているわけです。虎さんはおかしいと思っていても、そんなこと考えたくないんです。考えてもどうすることもできないからです。それなのに花ちゃんは「ちゃん、教えてくれ、考えろよ」と迫ってくるわけでしょう。

そして第六回目はどうでしょうか。「働いても働いても、なんでちゃんは惨めなのか?」。こういうことを問いかけているんですよ。トンネルを掘ったのはちゃんだろう？　それは知ってるんだ。なのになぜちゃんはこんなに惨めで、母ちゃんは飲んだくれで、おれたちは一家離散の悲惨の極みにいるのか。虎さんからすれば、最も触れてほしくない、答えたくないことなんですよ、これは。と同時に、一番いま触れてほしくないことに、子どもが言葉を突き入れてくるんですね。花ちゃんの質問は、はじめは答えられないような質問です。だんだん、それが答えたくない質問へ、さらに答えがない質問へと高度化していく。答えられない、答えたくない、答えがない。連載の一回一回ごとに、問題がどんどん膨らんで、大きくなっているんです。社会の矛盾や不合理を描こうと思っていなくても、子どもの目線を用意して、連載のリズムに合わせて書きつづけていったら、目をそらすことが許されないような社会の不合理と不平等がテーマとして浮かび上がってきてしまった、という感じなんですよ。

格差や労働の矛盾、社会の不合理や不平等といった問題は、たとえ大人が口を噤《つぐ》んで、目をそらそうとも、子どもはちゃんと目をそらさず口にするんです。そういう場面を書きながら、きっと葉山嘉樹は大事な問題から目をそらさず、口を噤まないように踏ん張っていたんだと思います。これが『移動する村落』の素晴らしさであり、葉山嘉樹の素晴らしさなんです。子どもの目線から、分かったつもりになっていることを、もう一度疑い、掘り下げる。必ずしも答えがすぐに出せるわけではないということに耐えつつ、しかしけっしてそこから逃げない、目をそらさない、口を噤まない。このような素晴らしい場面を書いた作家なんて、おそらく葉山嘉樹の他にいませんよ。

みんな花ちゃんになれ

この小説のもうひとつ重要な点は、連載期間中の一九三一年九月に満州事変が起きて、そのせいで断続的な連載の中断を強いられたということです。連載開始は九月十二日です。九月十八日が連載第六回目。この九月十八日の夜に満州事変が勃発するんですね。柳条湖事件です。そうすると、連載はどうなるか。もちろん、翌日は連載中止になりました。その後も掲載されたりされなかったりという断続的な連載を強いられます。ところが、この偶然の出来事が、新たな生命を小説に吹き込むことになるんです。

格差や労働の矛盾、社会の不合理や不平等の問題が、連載六回で、それこそ少しずつ浮かび上がってきた。そのとたんに満州事変が勃発して、連載が断ち切られる。この偶然の出来事を、読者の視点から考えたらどうですか？　満州事変が起きて翌日の第七回目の展開を、読者はみな期待して待っていたはずです。さあ、次の花ちゃんの質問は、「何故、トンネルがあるか？」の次は、どんな質問でちゃんを困らせてくれるだろうかって、読者も期待していたはずなんです。

ところが、いざ夕刊を開いてみたら「連載中止」って書いてある。しかも「満州事変」の報道がデカデカと掲載されている。何が起きたか、と当然驚きます。と同時に、花ちゃんと同じように、読者ひとりひとりの中で「なぜ？」、「何？」という疑問や問いがわきあがったはずです。「なぜ連載中止なのか？」、「何が始まったのか？」、「満州事変とは何か？」、「事変とは何か？」、「戦争と事変の違いは？」。こんな疑問だったでしょうか。とくに「事変」という言葉ですよね。宣戦布告していないから「戦争」と言わないわけです。宣戦布告をしないで戦線と戦争を勝手に拡大させていったのが、日本の侵略戦争でした。だから「事変」が起きたと報道されても、何が起きているのかよく分からない。だから花ちゃんと同じように、読者もまた「ちゃん、事変って何だ？」と疑問を発する子どもにならざるを得ないわけです。つまり、花ちゃんの問いを追いかけてきた読者が、連載中止によって、みんな花ちゃんになってしまった、ということなんですよ。花ちゃんの問いと同じように、簡単に答えられない、説明できないような問いを、読者もまた抱え込んでしまうわけです。もちろん、これは偶然です。

葉山嘉樹は、こうした展開を計算して小説を書いたわけではありません。満州事変を予想して書き始めたわけないですから。彼がやったのは、まず最初に子どものたわいもない質問を投げる入れること、それだけです。この小説がどこへ行くか、何が出てくるか、そんなこと俺は知らねえ、花ちゃんにでも聞いてくれ、と葉山嘉樹はきっと考えていたでしょう。連載をつづけていけば、投げ入れた質問は、必ず時代の問題とつながる、あるいはぶつかる、そして意味が生まれる。『セメント樽の中の手紙』と同じく、偶然にまかせる葉山嘉樹の文学の特徴が、ここでもよく出ています。

物語の時間と現実の時間が並行して進む

『移動する村落』というタイトルを思い返してください。工事が終われば飯場は消える。別の工事現場に再び現れる。消えて現れ、現れ消える。こういうタイトルで小説を書いたら、本当に連載が断続的に消えて現れ、現れて消える、そういうものが出来上がっちゃったんですよ。これもまた偶然なんです。これが葉山嘉樹の面白さなんですよ。もちろん葉山は計算して意図的にタイトルをつけていません。『移動する村落』という言葉を投げ入れる。花ちゃんの問いを投げ入れる。勝手に物語が出来上がっていく。そういうことです。満州事変とぶつかる、何が起きたか分からない、消滅をくりかえす移動する連載になる、読者が花ちゃんになる、花ちゃん＝読者の問い抱え込みながら物語が進んでいく。これが葉山嘉樹の小説なんです。

そして、断続的な連載になったため、最終回が翌年の二月九日にずれ込みました。ちょうど二月十一日が「紀元節」です。現在のいわゆる「建国記念日」。ところが、ちゃんと物語の時間も二月の紀元節に合わせてあるんです。現実の時間と物語の時間を一致させている。当初は二カ月で終わる予定だった連載ですから、中断がなければ物語内の時間は「十月」で終わらせていたはずです。でも中断で延びたら延びたで、物語の時間をちゃんと修正して現実の時間「二月」に合わせているんですよ。葉山はちゃんとそういうことをしているんですね。

そして結末で土砂降りが降ります。やけくそのようなめちゃくちゃな土砂降りです。せっかく完成間近のダムが全部崩壊する、そういう結末を書きます。つまり、紀元節で日本中がお祝いをしていて天皇陛下万歳、万歳と大騒ぎしているときに、もう何もかもが滅茶苦茶になって大洪水が起きて、せっかく造ったダムが全部壊れちゃう、というような話を書くわけです。

日付というものも偶然ですね。新聞連載だから日付は重要で、読者は必ず意識しますね。中断なく、もっと早く連載が終わっていれば、紀元節の日と重なることはなかったわけですから、そんなことは書かなかったでしょう。連載が中断されて期間が延びて、最終回が紀元節に近づいたために、葉山嘉樹のことですから、たぶん「戦争なんか始めやがったせいで、ちくしょう俺の小説は滅茶苦茶だ。最終回が紀元節と重なるなら、よし、ちっともめでたくないから、じゃあ最後は紀元節の日に何もかも滅茶苦茶だという話にしてやろう、ちょうどいい」というようなヤケクソな感じで書いたんだと思います。

ところで、連載が九月十八日に中断して、その後再開してから、あの花ちゃんの問いはどうなったと思われますか。消えてしまったでしょうか、それとも消えずにますます成長していったでしょうか。最後に、そのことをお話しして、この講演を終わりたいと思います。

葉山嘉樹は、口を噤まず、踏ん張った

第六回目が終わった後、読者は第七回目に期待を膨らませて花ちゃんの次の質問を待ち焦がれていたはずです。それが満州事変のせいで肩透かしをくらってしまった。連載の再開を長らく待たされた読者は、その後花

ちゃんの問いはどうなったんだろう、中断のせいで消えてしまったんだろうか、と気になっているわけです。再開すれば、まずそこに読者の関心が向かったはずです。ところが、消えていなかったんです。感動的なことに。しかも、以前よりももっと大きな問いに成長しているんです。しかし、これはある意味、当然ですよね。戦争による中断をはさんで、ますます答えられないこと、説明できないこと、答えがないこと、理不尽なことだらけに現実がなっているわけですから。

その場面が第十五回です。この場面に登場するのは、正確には花ちゃんじゃなくて、花ちゃんの友達ですね。飯場で知り合った少年が花ちゃんの問いを引き継ぐようにして、さらに鋭い問いを大人に向けるんです。少年と飯場労働者のおじさんの二人が、風呂に入りながら会話を交わす場面です

「(前略)ね、古屋さんのおじさん。何だってすぐ裏に生えてる樹を切っていけないんだい。金を払うったって店屋も人間もいやしないじゃないか」

「それがいけねえんだよ」

「どうしていけねえんだい。店屋なら番頭か小僧か置いとかなけゃ、かっ払われるに決ってるじゃねえか。かっ払われるなあ間抜けってのに、相場あ決ってるじゃないか。ね、おじさん。事務所飯場じゃ、だれだってそういってるぜ」

「ああ逆上《のぼせ》ちゃった。もういいよ、権坊上れよ。めまいを起すぞ。それにしたってお前、あんまり広いから、店の置場所に困らなあ。小僧なんか立たせといて見ろ、木よりも先に凍えっちまわあ。まだお前は子供だから分らねえんだよ」

「だからさ。おじさんは大人だから分ってるんだろう。何故かっ払わせといて、後で因縁をつけるんだってんだ。そんな大切なもんなら皆切っちゃって、家に持って帰って倉にいれとけゃいいじゃないか。そ

うすりゃあ、後でひとりでに生えた奴は、だれが切ったたって文句はねえだろう」

「権坊、もう上れ。ほとびちまうぞ。そんな難かしい事あ、だれにも分りゃしねえんだ。おいらあ切られた樹でも無けりゃ、切ったのこでも無えんだものなあ」

「じゃあ、おじさんとこの風呂は、どっから持って来た薪で燃やすんだい。おいらにゃ分らねえなあ」

「さあ、おれはもう上るぞ。すっかりお前のおかげで逆上《のぼせ》上っちまった。何もかもなあ、権坊、一度に分ってしまうって訳にゃ、大人になったたって行かねえもんだよ。大人になると、分らねえってことが分るぐれえのもんだ」


もうお分かりですね。「持てる者」と「持たざる者」の矛盾です。私的所有の矛盾。こういう問題にまで、子どもの問いが突き刺さり、入り込んできているんです。ずいぶんと最初の問いから大きなところまで成長してきたものだと感心します。ここでも古屋のおじさんにとって、少年の問いは鬱陶しいものです。答えられない、答えたくない、答えがない、そういう問いかけなんですよ。「そんな難かしい事あ、だれにも分りゃしねえんだ。おいらあ切られた樹でも無けりゃ、切ったのこでも無えんだものなあ」と答えるしかない。でも少年は納得しません。子どもの問いというのは本当に革命的ですね。おかしいと思うことをストレートにおかしいとちゃんと言ってくるんですよ。おじさんも葉山も、少年が納得できないことは分かっています。答えなきゃいけない、答えたい、考えたい、でも簡単じゃない。身動きが取れない。でも口を噤むこと、目をそらすことだけはしない。ここでも少年に問い詰められる場面を描きながら、葉山嘉樹は目をそらさないで踏ん張ろうとしているのだと思います。

花ちゃんや少年にやり込められている大人の姿は、まさにわれわれの姿そのものだと思います。答えられない、答えたくない、答えがない。でも答えなきゃいけない。答えがなくても、簡単に見つからなくても、口をいことは許せません。嘘をついてはならない、ずるいことをしてはならない、歴史を改竄してはならない、目をそらしてはならないんです。われわれはこの二十年の間、答えなきゃいけないことにきちんと答えようとしてきたでしょうか。たしかに社会主義も崩壊しました。かつてのような理想を掲げて答えることはできません。答えようとすれば「馬鹿」だと言われる。でもおかしいことはおかしいです。許せないことは許せません。

簡単に答えは見つからないけど、「おかしいことはおかしい」、「許せないことは許せない」、「受け入れられないことは受け入れられない」と言いつづけないといけないと思います、花ちゃんたち子どものように。そういうことの大切さを、葉山嘉樹の文学はわれわれに教えてくれます。答えはないです、理想もないです、夢もないです、着地点もないです。でも「おかしい、なぜだ?」という問いかけだけは忘れないで、葉山嘉樹のように口を噤まずに踏ん張らなければいけないんですよ。

だから、葉山嘉樹なんです。葉山嘉樹はわれわれのものです。いま、時代が葉山嘉樹を必要としています。ぜひ、みなさん、葉山嘉樹の文学を手にとって語り継いでいってください。そして読者を広げていっていただければいいなと思います。

長々とご清聴、ありがとうございました。これで終わります。

2

葉山嘉樹と故郷豊津

川《かわ》本《もと》英《ひで》紀《のり》
みやこ町歴史民俗博物館
三人の会

豊津の歴史

今日は「葉山嘉樹と故郷豊津」というテーマで、具体的には葉山嘉樹を生んだ豊津の精神的風土に迫る、というお題をいただいてお話をいたします。私のような者には荷が重く、また三十分という短い間ですけど、よろしくお願いいたします。

まず、昨年度みやこ町では、歴史民俗博物館が中心となって「みやこの先人」というＤＶＤを作りました。みやこ町出身で後世にのこる仕事をした十名の人生を映像で紹介したものですが、葉山嘉樹編も作っておりますので、まずはそれをご覧いただきたいと思います。

〈ＤＶＤ「みやこの先人」視聴〉

川本英紀氏

それでは、豊津の歴史と風土といった話から始めさせていただきます。

まず、豊津台地というのは、英彦山から延びてきた山地の末端部にあたりまして、標高で言えばだいたい四〇メートルから一番高い所で八〇メートルくらいの台地です。すごく古い弥生時代あたりの遺跡などは確認されているのですが、遅くとも中世末期の段階で、既にこの台地にはほとんど人が住まなくなっていたようです。江戸時代に入っても状況は

A：香春御茶屋跡（香春藩庁跡）。福岡県田川郡香春町

同じでした。

それが江戸時代の天保年間、天保十（一八三九）年という年ですけども、突如として開発工事が始まりまして、小さな町が出来上がります。どうしてその時期に開発工事を行ったのかというのは、まだよく分かっていません。元々、この台地は難行原《なんぎょうばる》と呼ばれていましたが、天保の開発にともなって、天保十年から錦原《にしきばる》と名前を変えるんですね。

しかし天保の開発で造られたこの町もすぐに衰退してまいります。町としての形が崩れていくんですけども、三十年程のちの慶応二（一八六六）年の八月一日、長州戦争の中で小倉藩は、このままでは戦争に負けて城を取られてしまうということで、自ら城と城下町に火を放ちます。それもごく一部の人の判断で行われまして、ほかの藩士や町人たちは、そんなことは全然知らなくて、突如として城と町が燃え始めたということで、取るものもとりあえず逃げていくことになるわけです。

現在の小倉城は昭和三十年代に建てられた鉄筋コンクリートのお城ですが、とにかく慶応二年に城が焼けるという事件があって、藩の中心を小倉から田川郡香春を中心とした場所に移すんですね。翌慶応三年一月に長州戦争が一応終わるんですが、新しい藩庁、藩の中心をどこに建てようかというところで、藩士一一八名が投票いたしまして、その結果、錦原、つまり豊津台地が藩庁建設地に決まりました。明治元（一八六八）年十一月のことです。そして、翌明治二年の一年間をかけて主な建物は造ってしまう、ということになったわけです。

写真Aは、香春の藩庁が開かれた香春御茶屋という施設があった場所です。御茶屋とは藩の役人などが休泊する公的な施設です。香春に藩庁が開かれて、藩名が「香春藩」となりました。次の写真Bは、新しい藩庁をどこに建てるか、投票した時の記録です。ここに錦原と書かれております。錦原が新しい藩庁の建設に適して

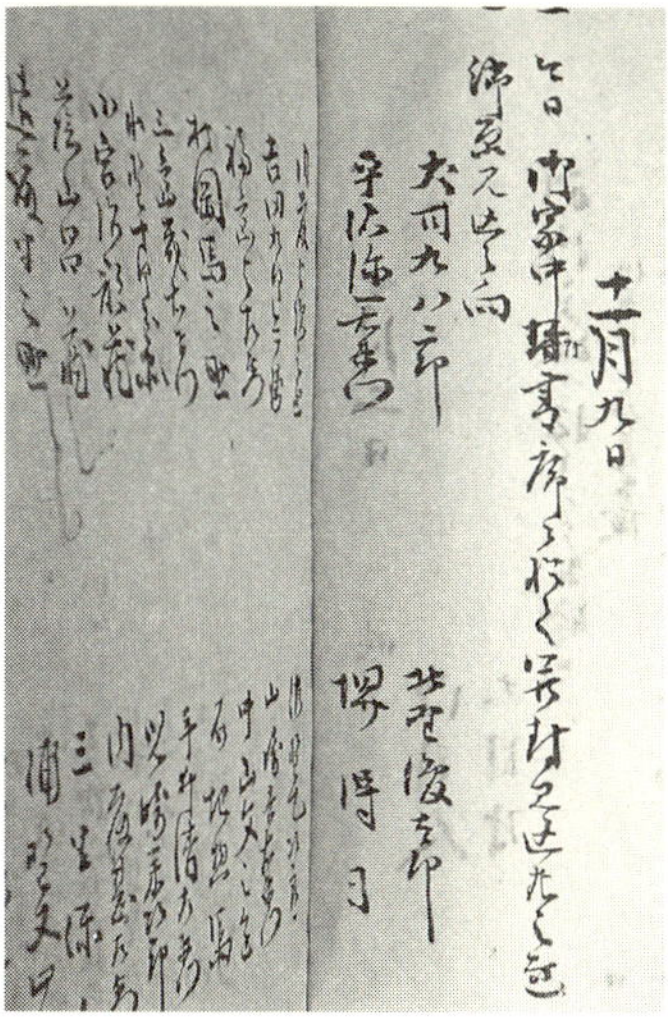

B：「仮御殿御取建ニ付別記」（北九州市立自然史・歴史博物館蔵）。新しい藩庁建設候補地の投票結果を記す。堺利彦の父得司の名前が見える

いるというふうに投票した人が、これだけいたと書いてあるわけです。写真中央下に堺得司とありますが、この人は堺利彦のお父さんです。錦原に投票していますね。

藩庁はどこに建設されたかと言いますと、現在みやこ町営グラウンドになっている敷地に、藩の中心となる施設が建てられたのです。大手門から入ると藩庁があって、藩主ならびに家族が住む私的な家がありました。現在、博物館がある場所には天守閣を建てる予定だったともいわれますが、それは定かではありません。

それで城ができた、藩庁ができたということで、新しい藩の名前を香春藩から豊津藩というふうに申請して、明治二（一八六九）年の十二月二十四日に明治政府からそれが許可されるということになったわけです。その申請書の中で、「この台地は昔から豊津と言ったから、その古い名にちなんで豊津藩としたい」と申請をするんですが、それがそのまま許可されるということなります。

ですが、この台地の名前を昔から豊津といった、というのは全くの嘘でございます。どんな歴史書を紐解いても、旧豊前国に豊津という地名は過去にはなく、この時に作った名前なんですね。これが嘘であるということが分かれば、おそらくただでは済まなかったと思うんですけども、明治政府が知らないことを見越して、こういうことをやっているんですね。

どうしてこういう危険を冒してまで豊津という藩名を選んだのかというのは、いまだによく分かっておりません。また豊津という名称が、何に由来しているのかもよく分かっていません。

今、みやこ町は京都郡に属していますが、現在の京都郡は明治二十九（一八九六）年に郡の再編が行われて誕生したもので、仲津郡と京都郡が合併し、新しい京都郡ができたのです。みやこ町の犀川地区・豊津地区、それに行橋市の東半分くらいが旧仲津郡になります。当然、藩庁が作ら

C：豊津藩知事・小笠原忠忱

れた場所は仲津郡だったわけですが、「豊津」の藩名は、豊前国仲津郡の豊と津を取って豊津という名前を考案したんじゃないかともいわれています。ただ、これも定かではないですね。このあたりのことを話しますと長くなりますので、先に行きます。

藩士はどうしたかと言いますと、大方の人は小倉から田川郡のほうへ逃げまして、藩庁がここに開かれるということになって、明治二年以降、順次こちらに居を移すんですね。全員が全員、この台地に住んだわけじゃないんですが、かなり多くの人が藩庁に近いこの台地に家を構えるということになりました。その中に葉山家もあったわけです。

ただ当初、藩士たちがこちらへ来た時は、何も持たずに小倉から脱出してきましたので、要は財産がないわけですね。ですから建てることができた家というのも、非常に粗末で小さなものだったというのが史料から分かります。少しは普通の家に住めるようになったのは、金禄公債が交付されてからではないでしょうか。

豊津の「空気」

豊津藩は明治二年十二月にスタートいたしますが、明治四年七月十四日に政府が廃藩置県を実施しまして、豊津藩は豊津県となりました。写真Cは、小笠原忠忱《ただのぶ》という「豊津藩知事」で、当時十歳の子供でした。また、廃藩置県から四カ月後、明治四年十一月十四日、今度は、改めて改置府県という政策がとられまして、豊津県は小倉県に吸収されるということになりました。で、小倉の室町《むろまち》に開かれた県庁に豊津県の行政機能が移されていくことになるわけです。廃藩置県後、小笠原忠忱も政府の指示で東京へ移り住みました。ごく短い期間で、

左・D：葉山嘉樹の祖父平右衛門の墓。平右衛門は，戊辰戦争に新政府軍（官軍）の小倉藩平井隊の隊長として出征。秋田領内角館付近にて庄内藩兵との激戦で致命傷を負い，慶応4（1868）年9月10日戦死。墓は秋田市八橋の全良寺官修墓地にある

右・E：福岡県みやこ町の甲塚墓地にある神式の墓「葉山家諸霊位」。葉山嘉樹の父荒太郎が明治42（1909）年に建立。豊津藩士の一部は明治初年の神仏分離令を機に神道へ改宗し，新政府に忠誠を誓った

豊津の行政都市としての機能は失われたわけです。

藩士たちはどうしたかと言いますと、ここではもう食べていけないわけですね。ですからどんどん出ていくことになったわけです。残る人もいたんですけど、かなりの数の人たちがここから出ていくんですね。明治三年生まれの堺利彦が物心ついた頃、明治十年ぐらいのことでしょうけども、豊津には空き家が多かった、といったことを自伝に書いています。藩庁がなくなり、藩士たちがどんどん出てゆく状況の中で、そういう光景が広がっていたのでしょう。

この歴史をふまえ、明治期の豊津という土地の空気はどういうものであったかと考えると、当初町が造られた目的が失われたという喪失感、挫折感というものが何となく漂っている所だったろうと思います。経済的には低迷あるいは下降という空気があったと思います。一方では、他にはどこにもないようなものがある。それが藩校の流れをくむ中学校、旧制豊津中学校なのです。喪失感・挫折感あるいは落ちていくという空気がある一方で、他にはない中学校があるということで、それが拠り所となってプライドもあった。それと明治期に豊津に住んだ人たちの屈折した思いというものを考えてみますと、慶応二年の長州戦争というのは、要はのちに政府を作った長州と戦って、実質的に負けるわけですけども、負けた後に非常に従順に政府に従うわけですね。涙ぐましいほどです（写真D・E参照）。ただ、

心中は戦争に負けたという屈辱感は強いわけです。その屈辱、その鬱憤を晴らしたいという思いは相当あったと思います。

だから先ほど申しました豊津という藩の名前、わざわざ危険を冒してまであぁいう名前を付けたというのは、そういうところに理由があるのかなと思います。ですから、底流には政府への複雑な思いというのはあるんですが、だからこそと言いますかね、権力志向、あるいは国家への志向が非常に強い。堺もそうですけど、葉山もそういう世代の親を見ている、ということです。葉山の育った土地は、こういう場所だったと私は考えております。

優等生・葉山嘉樹

堺利彦は豊津が大好きだったんですね。晩年になっても、自伝の中で非常に豊津を懐かしむ文章を残しています。それとは真逆に葉山は豊津を敬遠していた、というか言葉が正しいかどうか分かりませんが、はっきり言えば豊津が嫌いだったと思います。あまり豊津に関することを書いた文章がないんですけども、わずかに触れたものでも豊津を突き放して背を向けている、といったような文章を書いています。

先ほどＤＶＤの中で紹介した文章（「竜ケ鼻」と「原《はる》」――わが郷土を語る」）も、ナレーターが爽やかな感じで読むと悪い印象は消えますが、文章の内容自体は、町から離れた墓地に座って遠くを眺めて、町には背を向けるという文章なわけです。

またこういう文章も書いております。これは「死屍を食ふ男」という葉山の作品の中ですね。ちょっと読みますと、学校のことをまず書き始めまして、旧制豊津中学校のことですけども、

「学問は静かにしなければいけない、ことの標本でもあるやうに、学校は静寂な境に立つてゐた。おまけに、

明治が大正に変らうとする時になると、その中学のある村が、栓を抜いた風呂桶の水のやうに人口が減りはじめた。残つてゐる者は旧藩の士族で、いくらかの恩給を貰つてゐる廃吏ばかりになつた。何故かなら、その村は、殿様が追ひ詰められた時に、逃げ込んで無理に拵へた山中の一村であつたから、何にも産業と云ふものが無かつた。で、中学の存在によつて引き止めようとしたが、困つた事には中学がその地方十里以内の地域に一度に七つも創立された」

というふうに書いていています。やや大げさに書いているとは思いますけども、こういった文章を残しております（本書Ⅱ－5参照）。

なぜ、葉山が故郷豊津を敬遠していたか、ということは奈良大学名誉教授の浅田隆先生が考察されていまして、私の意見も浅田先生のお考えを出るものではないんですけども、最近見つかった葉山の中学校時代の文章から、もう少し彼が考えていたことを窺えないかなあ、と考えております。

この文章（写真F）は、旧制豊津中学校の校友会で『校友会雑誌』というのを出していたんですが、その第二十五号、明治四十四（一九一〇）年三月号に、この葉山の文章が載っていることに、それまで誰も気がついていなかったんですね。学校で二五〇周年史を作る時にたまたま見つけたんですけども。これを読みながら紹介したいと思います。

第二学期を迎ふ

甲三　葉山嘉樹

斃《たお》れて後に已《や》む、嗚呼何ぞ其言の壮にして雄なる、言簡にして意深し、社会万般の事錯雑紛糾せりと雖、此決心を以て進まば、行くとして可ならざるなく、為すとして遂げざるなし、然り我輩は此語を矛とし盾

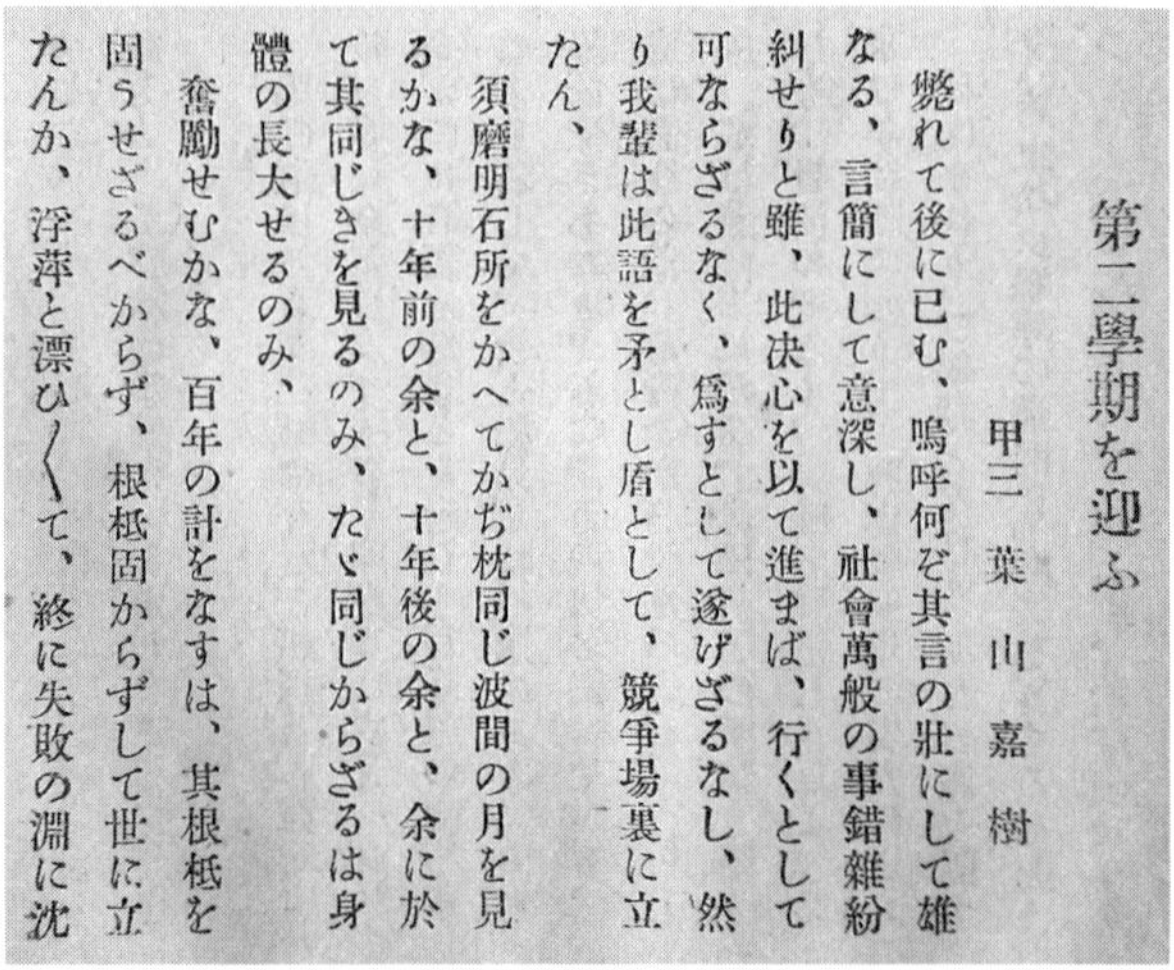
第二學期を迎ふ

甲三　葉山嘉樹

斃れて後に已む、嗚呼何ぞ其言の壯にして雄なる、言簡にして意深し、社會萬般の事錯雜紛糾せりと雖、此決心を以て進まば、行くとして可ならざるなく、爲すとして遂げざるなし、然り我輩は此語を矛とし盾として、競爭場裏に立たん、

須磨明石所をかへてかぢ枕同じ波間の月を見るかな、十年前の余と、十年後の余と、余に於て其同じきを見るのみ、たゞ同じからざるは身體の長大せるのみ、

奮勵せむかな、百年の計をなすは、其根柢を固うせざるべからず、根柢固からずして世に立たんか、浮萍と漂ひ〳〵て、終に失敗の淵に沈

F：葉山嘉樹「第二学期を迎ふ」(部分)。『豊津中学校校友会雑誌』第25号，明治44年

として、競争場裏《きょうそうじょうり》に立たん、

須磨明石所をかへてかぢ枕同じ波間の月を見るかな、十年前の余と、十年後の余と、余に於て其同じきを見るのみ、たゞ同じからざるは身体の長大せるのみ、

奮励せむかな、百年の計をなすは、其根柢を固うせざるべからず、根柢固からずして世に立たんか、浮萍《ふへい》と漂ひ〳〵て、終に失敗の淵に沈まんのみ、我等は将来の勲業名誉を想ふの遑《いとま》に、明日の学科を思はざるべからず、今日の勉励如何を顧みざるべからず、

思へ、第一学期の貴重なる日時の如何に費されたるかを、往けるものは追ふべからず、貴重なる今日あるを知りて、一秒時をも徒費すべからず、我等の一学期は我等に於て甚だ貴重なりしが如く、第二学期も、又第三学期も、我等にとりて甚だ貴重なり、矧《いわ》んや、我等は更に一学期の不足をも補はむとするに於てをや、然り第二学期は慈母の愛を以て、奮励努力の決心を見せる我等健児を迎へ、而して鼓舞し慰藉《いしゃ》するに躊躇せざるなり、この善意に対する我等の覚悟如何、唯勇往邁進斃れて後に已まむのみ、

（豊津中学校『校友会雑誌』第二十五号、明治四十四年三月、豊津中学校友会発行）

十六歳が書いた文章ですけど、今の十六歳がこういうことを書くかというと、なかなか難しいですね。おそらく葉山自身もかなり一生懸命書いたと思います。「斃れて後に已む」というのは「死ぬまで懸命に努力する」ということです。この言葉は素晴らしいと、この言葉をもって私はどんなことにも臨んでいきたい、と

言うのです。「須磨明石」以下は、ちょっと解釈が難しいんですね。『平家物語』の「落ち足の事」に「或いは須磨より明石の浦伝ひ、泊定めぬ楫枕、片敷く袖もしをれつつ、朧《おぼろ》に霞む春の月、心を砕かぬ人ぞなき」とあって、これにちなんだのかもしれません。あるいは、芭蕉の俳句に「蝸牛角ふりわけよ須磨明石」という句がありますね。須磨と明石というのは兵庫県ですけども、一〇キロぐらいしか離れていないですね。「須磨明石」は非常に近い場所の比喩として使うんですけども、要は「須磨・明石は一〇キロ程度しか離れていない。場所や時がほんの少し移ったところで、十年前も十年後も、一生懸命努力しようという私の気持ちは変わらない」ということでしょうか。

いずれにしても、第二学期が始まっただけでこういうことを書くんです。一生懸命勉強しますということを書いてあるんですね。先ほども言いましたけど、「斃れて後に已む」というのは、「死ぬまで懸命に努力する」、そういう意味なんです。

ただ、のちに葉山が書いている、故郷に背を向けた、故郷を敬遠するような、あるいは先ほど読んだ「死屍を食ふ男」のように、学校が田舎にあることに毒づいたような文章とはかけ離れておりまして、やる気満々の優等生が背伸びをして書いた、渾身の文章ということになろうかと思います。のちに書いた文章の方が本音なら、この文章は建て前で、無理して書いたウソ、ということになります。

だとすれば、なぜ、こういう優等生を演じていたのか。『校友会雑誌』は強制ではなく、投稿規定もありますので、これは葉山が進んで寄稿したものだと思います。この『校友会雑誌』第二十五号には、葉山と同じクラスで、のちに岐阜県知事などになる坂千秋という人の文章が同じページに載っています。坂の文章もきわめて優等生的なものです。二人の文章をながめながら、葉山はどうしてこういう文章を書いたのかな、ということを考えてみました。

郡長さんの息子

ところで、浅田隆先生も研究されているように、葉山の人格形成を考える上で、父である葉山荒太郎の影響というのが大きいであろうと思われます。浅田先生は『葉山嘉樹論』の中で、限られた資料から、父荒太郎の精神構造と葉山の人格形成について考察されているんですけども、私は到底浅田先生の研究には及びませんが、もっと単純に考えております。それは、葉山にとって、父親が「郡長」であった精神的な重圧、プレッシャーが、人格形成に最も大きく影響したのではないか、ということです。

郡長というのは多分に名誉職的なところもあったんですけども、地方官僚の中では相当に地位が高くて、また地方における国の出先機関のような存在で、いわば国そのものだったんですね。葉山荒太郎は、明治二十六年から四十年までの長い期間、京都郡と仲津郡の兼務で郡長を務めています。またその前がありまして、京都郡・仲津郡の前は、上毛郡と築城郡の郡長をやっていたんですね。ちなみに写真Gは、東京にある国立公文書館が所蔵している、葉山荒太郎が築城郡・上毛郡郡長を解任されて、その次に仲津郡・京都郡郡長を命じられた時の史料です。奏任官ですから、内閣総理大臣・伊藤博文の名前で任命の伺いがなされ、天皇御璽《ぎょじ》が据えられています。いずれにしても、葉山嘉樹が生まれる前から郡長という職にあったわけですね。

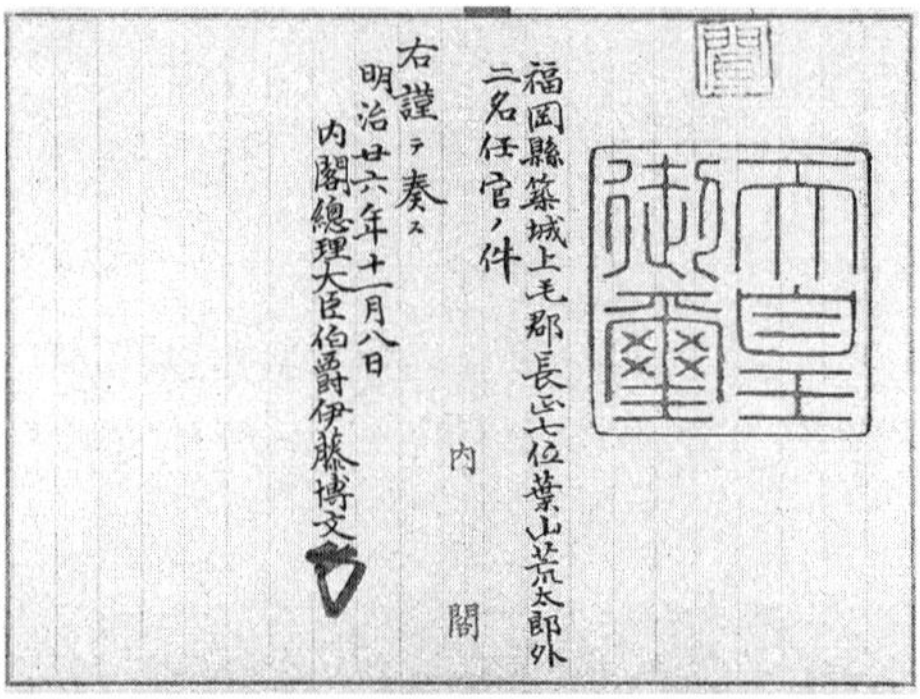
福岡縣築城上毛郡長正七位葉山荒太郎外二名任官ノ件
右謹テ奏ス
明治廿六年十一月八日
内閣總理大臣伯爵伊藤博文
内閣
天皇御璽

G:「福岡県築城上毛郡葉山荒太郎他二名転任ノ件」(国立公文書館蔵)

私なりに考えてみたんです。お父さんが地位の高い地方官僚で、生まれながらにして「郡長さんの息子」として育つ、これはかなり息苦しいのではないでしょうか。何をするにしても「郡長さんの息子」として、周囲はそうやって見ていたでしょうし、その周囲の注ぐ視線を、葉山は痛いほど感じて成長したであろうと思うんですね。

葉山荒太郎は明治四十年に郡長を退任いたします。だから、さっき読んだ「第二学期を迎ふ」という文章は明治四十四年のもので、父が郡長を退任してしばらく後に書かれたものです。ただ、ずっと「郡長さんの息子」として生まれ育った葉山嘉樹は、自らの本音は隠してでも、あのような優等生的な文章を書かなければならなかったのだと思います。京都郡・仲津郡の郡長ですからね、お父さんを知らない人は誰もいない。だからその息子のことも、周囲は皆知っていたでしょう。そういう目を気にしながら育った少年期に鬱積した思いが、葉山を豊津嫌いにしたのではないかな、と私は想像しています。

葉山にとって父荒太郎というのは自分に重圧を掛ける根源であったし、また父親としての立場と同じくらい、あるいはそれ以上に、郡長として国家権力を体現した人であったわけで、尊敬の念もあっただろうと思うんですけども、一方では背を向けたくなるような存在だったのではないかな、と想像しております。そういった父親へのマイナスの思いや感情が、故郷豊津に対するマイナスの感情にすり替わっているところがあるような気がします。

というところで、私の話は以上にしたいと思います。どうもありがとうございました。

3

葉山嘉樹の一面

葉山《は》山《やま》民《たみ》樹《き》

葉山嘉樹長男

葉山民樹でございます。長男ですが、母・菊枝の前妻に二人の男性があり、私の祖母トミと前後して死亡しております。そして私を上にしまして、四人の男女が葉山嘉樹の家族でありました。

色々な方が今まで葉山嘉樹を俎板にのせて頭から尻尾まで切りきざんでおります。その言い分に私は複雑な思いを持っております。葉山嘉樹は文学作品にしましても、思想・信条、あるいは生活態度にしましても、単純明快を好み、しかし単細胞ではなく、ユーモアを好んだ人物でした。文学者としての葉山嘉樹、あるいは作家・作品論は、今日の私の埒外にあります。今日お話ししますことは、多くの作家にあることでして、作家の表の面と生活者のもう一つの面、あえて言えば、裏側の家庭ではどうだったのか、ということです。

葉山嘉樹は生活者としては大変な人でした。今でも作家葉山嘉樹を父親に持ったことは不幸だったと思っております。葉山嘉樹は金銭こだわることをよしとしない気風を身につけておりました。原稿料が入っても、考えながら使えない、計画的に支出するなどはあり得ませんでした。手許に金があったら湯水のごとく右から左へ使うということではなく、節度はあったつもりだったのでしょうが、管理能力が乏しく、その先をどうするのか、いつまで手許の金が持つものか、考えていませんでした。

葉山の作品にありますが、「おれは妻子のために常に米櫃の中に米がいっぱいあるような、そんな生活をやらしてみたい」という願望を持っていました。言うなれば理想です。ちっともへこたれている様子はなく、意気軒昂にも見えました。

荒畑寒村（右）と葉山一家。左より菊枝，百枝，嘉樹，民樹。1936年夏，信州赤穂にて

おだやかな心情で気分の晴れた日は、障子にハタキをかけ、箒で掃除をし、書斎の机をきれいにした上で机上の原稿用紙にペンを走らせる。スムーズというか字を間違えて消したり、吹き出しを入れるなどほとんどなく、五、六枚の原稿用紙は訂正なしに、とっとことっとこ続きました。頭の中のイメージを原稿用紙にのせてゆくのは整然としていた、とそんな印象を私は持っております。

昭和九年の早春、荻窪高円寺から都落ちして信州に来ましたのは、時代が次第にプロレタリア作家に厳しくなり、食えなくなったというか、原稿料も入らなくなり、さらに「文戦」、「戦旗」がセクト的対立をしてゴタゴタしているのに嫌気がさした時でした。

たまたま伝手があって伊那谷で工事中の三信鉄道現場の帳付けの話があり、のっかかりました。帳付けとは、土建屋の抱える土方の出面《でづら》（出欠）を記帳する仕事です。下伊那郡泰阜《やすおか》村の門島という集落に着きました。まわりは朝鮮からの建設労働者で、連中の帳付けをやりながら抱え主の親方と酒を飲んだりの日々でした。お仕着せの組印の半纏《はんてん》を羽織り、地下足袋で歩き回っていました。半纏は大いに気に入り、ずっと十年以上愛用しました。

信州下伊那郡から上伊那郡赤穂村、今の駒ケ根市で文学碑のある所ですが、そこに越した時も印半纏に地下足袋で歩いていました。馬車牽きの人と同じですが、これが似合うんだとの態でした。赤穂では、文学作品に興味を持った人や、労働運動に関わる人が集まってガヤガヤ話をしていました。酒の入らない限りは静かでしたが、飲んだ話の末は激論になり、散々な結果になることも度々でした。アルコール中毒が少しずつ進んでいたのでしょうか。

数年の後、赤穂から美濃中津川の母の実家に仮寓、さらに転居を重ね、遂に木曾山口村に流れ着きました。妻菊枝は実家に金策に出向くことも再々でしたが、いつも首尾がよかった様子でもないようでした。こんな折、苛立って泥酔し、妻を殴打することもありました。私たち子供は成り行きを見守るだけで、心中、「お父さん、おかしいじゃないか」と思うだけです。いやはやこれはえらい親父を持ったものだと深刻でした。

それでも平静な時は、木曾川に釣りに行ったり、送られてくる雑誌や本を読んでいました。先程上映されたみやこ町作成のＤＶＤで、葉山嘉樹はゴーリキーの影響を大変受けているとありました。信州に移って、私の目に映った父はゴーゴリをよく読んでおりました。ゴーゴリのユーモアを好み、喜んでいたようです。

ゴーゴリの代表作『死せる魂』の筋書きは、ウクライナ地方に入り込んだ農奴死亡証明書の売買詐欺師の物語です。この『死せる魂』の登場人物の挿絵をシャガールが描いております。シャガールのカリカチュア人物は、二十数枚のシリーズで、これが非常に面白い。今から十年程前、シャガールの『死せる魂』を見ました時、親父にこれを見せてやりたかったと痛感しました。

皆さんもゴーゴリの『死せる魂』、特に『検察官』を読まれると、今の私たちが住んでいる町や村の役人や農民のありようが、百年以上前にゴーゴリが書いたものとそれほど変わっていないことがお分かりでしょう。様々な人間模様がそこに描き出されていて、葉山嘉樹はゴーゴリを読みながら、「これだ！　これだ！　この通りだ！」と手を打って喜んでいたのでは、と思っております。

さて、今日午前中、堺利彦顕彰碑（本書Ⅲ―7参照）を見にまいりました。荒畑寒村の碑文を見ながら、ふと、ある思い出が頭をよぎりました。父は信州から東京に用足しに行く時に、新宿百人町の荒畑宅に宿を借りました。

ある時、東京から帰るなり、私とお袋の前で、「荒畑寒村はけしからん、絶交だ」と言うのです。何事かとび

上：葉山嘉樹原作の映画『流旅の人々』（高木孝一監督，南旺映画＝第一教団，1941年３月東宝系封切）木曾福島のロケにて。左より河津清三郎，葉山，一人おいて本庄克二（東野英次郎）
右：葉山嘉樹『流旅の人々』初版本の函。1939年６月，春陽堂より書き下ろし長編として刊行

つくりしました。当時、荒畑さんは下町育ちの女性と同棲しており、彼女は荒畑さんの日常の世話をしておりましたが、中風になり後遺症が残っておりました。父が見たのは、中気で手足が不自由な女性に「お茶だ」、「タバコ盆だ」と寒村がやっていた場面らしく、「荒畑寒村はけしからん」となった次第です。一方、私は、「ふうん！　荒畑さんもそうか。どうなんだろう、酒の上とはいえ、あなたはお袋を殴ることもままあるではないか」。周りの大人たちの表と裏が見えた次第です。

アルコールが入ってはいるが、気分が荒れていない時、「作家にはなるな、作家になっちゃいかん」ともらしておりました。「なっちゃいかん」、「これでは食っていけない」という嘆きに近い愚痴が身にしみました。こうした日々が続いていて、気の毒な父親だったと今では回想します。

葉山嘉樹は周りの弱い立場の人に共感を持ちながら生きてきました。弱い側に立つ、弱い側にあるのは身に付いた本性で、思考・行動の基でした。内容、外面ともに飾らぬ裸の人間をよしとし、実践しました。反権威、虚飾を嫌う精神は、幼年時代に豊津でできたのでしょう。

中国侵略、日米戦争と険悪になるのと並行して転居を重ね、より閉鎖的、保守的な、規模も小さなコミュニティーに入り込んでゆきました。周囲の人々も、高円寺では文壇、ジャーナリスト、ついで信州泰阜村では移民労働者や土建の親方など、山口村では農民と変わってゆきました。たどりついた農山村の地縁・血縁で結ばれた世界は、曖昧さ、妥協なしでは成り立ち難く、主義、信条云々は異次元でした。引っ越しのたびに、信条の益々受け入れられ難い土地にはまり込んでいき、「周囲の人は理解してくれない、また自分を疎《うと》んでいる」と疎外感が増したようです。

一九四三年五月の私宛手紙に「山口村の人は意地の悪い人が多いが、土地柄の故か」と訴えております。時代が悪化して世の中に余裕がなくなり、また険しい農山村で本来異分子包容力の少ない土地にはまり込んだことなどは、葉山嘉樹にとって不幸なことでした。

私は、葉山嘉樹にゴーゴリの世界を描いたシャガールのカリカチュアを見せたかったとの思いが胸中にわいております。とりとめのないことを申しましたが、これで「葉山嘉樹の一面」を終わります。

■講演会「プロレタリア作家葉山嘉樹と現代」印象記

立命館大学大学院文学研究科
博士後期課程／徳永直の会　和田　崇

十一月六日、会場のみやこ町豊津公民館大ホール（福岡県京都郡）に用意された座席はほぼ全て埋まり、目測で百人近くの人が集まっていた。まず、川本英紀氏の「葉山嘉樹と故郷豊津」は、葉山の出身地である豊津の歴史と風土に触れた上で、同じ豊津出身でも堺利彦は豊津が好きで多くの回想文を残しているのに対し、葉山には回想が少なく、むしろ嫌悪していた趣があり、その理由として、地方官吏の中でも地位の高い〈郡長〉であった父・荒太郎の存在が大きく、周りから立身出世を期待される重圧が、やがて故郷嫌悪の感情へとつながっていったのではないか、と指摘された。徳永直の場合も、その生い立ちが少なからず故郷熊本への感情を形成しているので、作家と故郷の関係について考える上で興味深い内容であった。

次に、葉山民樹氏の「父の思い出」は、作家としての葉山ではなく、家庭における葉山の貴重な思い出を語られた。その中でも民樹氏が強調されたのは、作品として表面に出た文学的思想とその裏面にある生活態度とのギャップである。葉山には計画的な理財の観念がなくて貧乏な暮らしを続け、金に困ると妻の菊枝が金策に出ることもあった。しかも、酒の量が次第に増えていき、最終的にはアル中のようになっていた葉山は、そんな妻が金策に失敗すると暴力を振るったこともあったという。作品と実生活の矛盾は徳永も孕んでいたので、葉山も含めたプロレタリア作家全体の問題として考える必要があるだろう。

最後に、栂沢健氏の「だから、葉山嘉樹」は、葉山の文学が日本文学の伝統から外れた突発的なもので、そこにはフランスのシュルレアリスムやダダイズム、ロシア・アヴァンギャルドなど世界の文学との類似性が見られることを指摘された。また、小説「移動する村落」を紹介し、同作で〈花ちゃん〉という子供が父親にさまざまな質問をする場面を取り上げ、大人が答えにくい（沈黙している）社会の矛盾を子供の質問によって浮かび上がらせているという斬新な読みを提示された。栂沢氏は著書『だからプロレタリア文学』において徳永の「太陽のない街」を取り上げているので、今後、徳永直の他の作品についても新たな読みを提示してくださることを期待したい。

（『徳永直の会会報』第五九号、二〇一二年一月）

II

葉山嘉樹・人と文学

1930年頃の葉山嘉樹

＊本章は、近年の葉山嘉樹論の中から重要と思われるものをセレクトし、文学的抵抗の軌跡を概観できるよう配列した。再録にあたっては、各執筆者が加筆修正を行った。

1

葉山嘉樹の文学

前田《まえだ》角蔵《かくぞう》
元宮崎大学教授

福岡県みやこ町八景山からの眺め。矢印が竜ケ鼻

葉山嘉樹は、福岡・豊津の生み出した偉大なプロレタリア作家であり、彼の「セメント樽の中の手紙」は高校の教科書にも採用されている。

今年（二〇〇〇年）は、葉山の没後五十五周年。普通プロレタリア作家と言えば、小林多喜二と葉山が双璧としてあげられる。しかし、二人の生き方は全く対照的であった。多喜二は「党生活者」を描き、やがて虐殺されるという文字通り労働者階級のための筋の通った生涯を全うするが、名作「海に生くる人々」、「淫売婦」などを書いた葉山嘉樹はずるずると体制に妥協し、しまいには満州侵略の片棒を担ぎ、自ら引き揚げてくる途中で病死するという悲惨な生涯をおくることになった。共に貧しい人々へのシンパシーを持ちながらも、どうしてこのような対照的な人生を辿るようになったのかは大変興味深い。

豊津は前に海がのぞめ、後ろには「竜ケ鼻」をはじめとする見事な山々を一望することのできる風光明媚な所である。葉山は父母が四十代になって生んだ子どもで、しかも十三歳の時、母は離縁されたようで、小説と魚釣りを好む孤独な少年の日々を過ごした。父は嘉樹を軍人にさせたかったようだが、この孤独で多感な少年は父の描く路線から逸脱していく。私小説「凡父子」の中で、「起きるともうそこには川の縁であり、漁が終ればそこが安眠の場所である」と書き、「流浪の民の野営」の「生活」に「魅力」を感じ、その生活を「羨望」する少年の姿を回想している。

少年期のエピソードから読みとれるのは、「漂白」、「流浪」がマイナス価値ではなく、〈魅力と羨望〉を含むプラス価値であったことである。立身出世、刻苦勉励が当時の一般的価値・枠であったから、「漂白」、「流浪」を憧憬する意識・感性は、それ自体秩序・枠から限りなく遁走していこうという意識だったと言えよう。そしてこの意識・感性が「父から叱られ」、抑圧される時、深い罪意識を伴って内面化されていかざるをえないだろう。

しかし、家を売って出してくれた学費を葉山が使い果たして大学を辞め、マドロス・飯場・満州へとあたかも次から次へと「漂白」、「流浪」の生活をしていく背景には、「漂白」、「流浪」していくこと自体への「羨望」・憧憬とともに、そうした人々と一体化することで心が和む、救われる面があったのだと思われる。

多喜二にも葉山にも、貧しき「漂白」、「流浪」する人々、民衆への限りないシンパシーがあった。しかし、そのシンパシーを、最終的にどう示すかという点で対照的ですらあった。

多喜二は秋田から北海道に没落していった貧しい農民の子であり、彼はいささか自己を虚構化しながら没落農民の屈辱と怨念を持して天皇制権力に果敢に抵抗する人生を選択していった。そこには党の理論に翻弄された、その限りで誤った政治の犠牲者だったという論評を受け付けない、彼なりの特攻精神――自分は貧しい農民の恨みをはらす代行者という強い矜持があった。

もちろん、多喜二にも罪の意識がなかったわけではないが、多喜二はその罪の意識を代行者意識へと転化することで癒そうとしたのである。しかし、葉山には多喜二のように一人佇立《ちょりつ》してでも闘うスタイルを取ることができなかった。敵に向かって牙を研ぐ彼固有の絶望的な〈屈辱―憎悪〉感が弱かったからである。彼は現実が悲劇的な様相を示してくると、多喜二のように敵に向かって一人佇立するのでなく、民衆の現実そのものと一体化・融和の方向をとった。彼はそうすることで罪の意識から解放され、癒されようとしたのである。葉山の侵略戦争荷担を責め立てる前に、こうした点を確認しておかなければならないだろう。

（「西日本新聞」二〇〇〇年十二月二十八日）

2

働くことと闘うこと、そして命

葉山嘉樹の労働と文学

峯《みね》村《むら》康《やす》広《ひろ》
大東文化大学講師

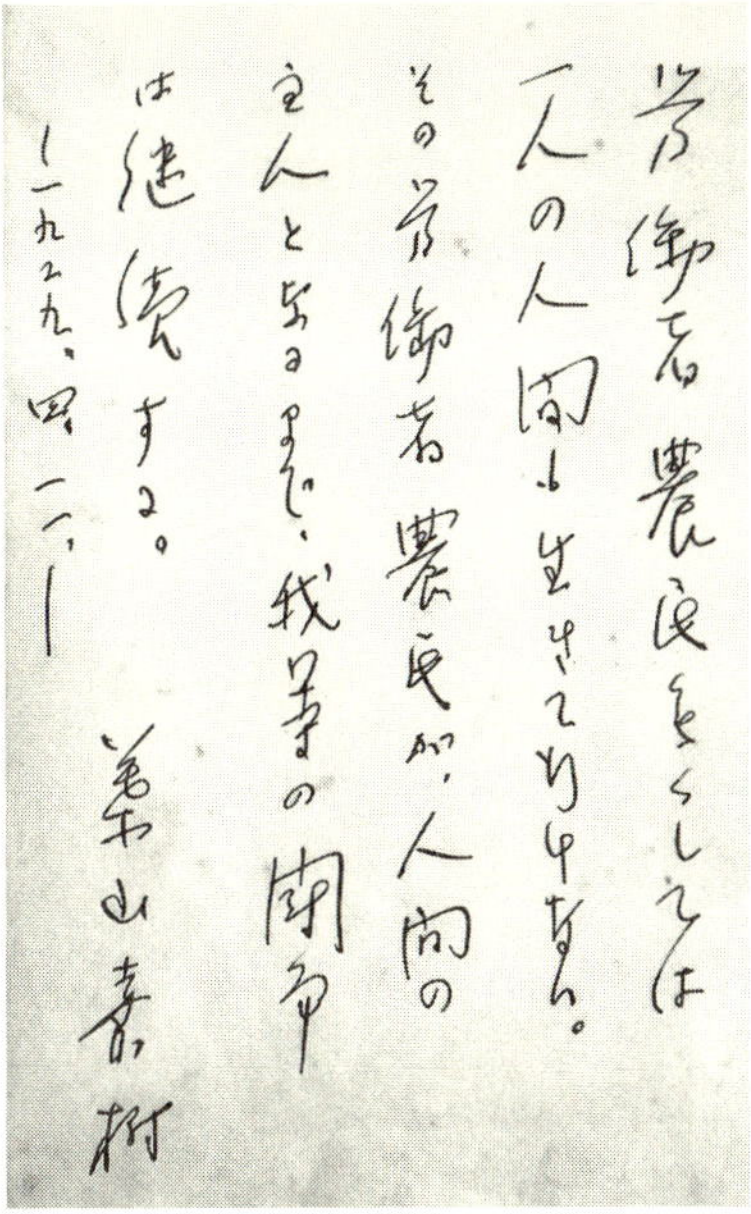
労働者農民なくしては
一人の人間も生きて行けない。
その労働者農民が人間の
主人となるまで我等の闘争
は継続する。
一九二九、四、一一
葉山嘉樹

葉山嘉樹のメモ書き。1929年4月11日（みやこ町歴史民俗博物館蔵）

葉山嘉樹の文学は彼の労働、船員生活やダム建設、鉄道敷設工事といった体験の中から生み出されたことはよく知られている。例えば雇用側が労働災害で死んだ者への手当を無視しようとすれば、それに対して食ってかかり、遺族への補償を求めて雇用側にかけあい、ある企業で労働争議が起これば、一記者の立場を超えて争議に加わる。葉山嘉樹にとっては働くことがそのまま闘うことに直結しており、それが彼の文学を支える動機の一つとなっていたことはおそらく間違いない。と同時に、そこには命の問題が滲み出している。働くことの中に命を持続させる契機を見出そうとしたのがプロレタリア文学だったとすれば、葉山嘉樹はそれを素朴に作品化しようと試みていたように思われる。むろんその全てについて述べる余裕はないのだが、ここでは主に三つの作品を読み比べてみたい。

「海に生くる人々」は一九二三（大正十二）年、治安警察法違反で葉山が名古屋刑務所に収監中「難破」という題で書き始め、獄中で完成された後、現題に改題された。葉山の海上労働体験を大きく取り込んだものであり、船員を扱ったものの中でも最も有名な作品である（本書Ⅲ―10参照）。横浜と室蘭を往復する石炭船万寿丸に乗り組む様々なタイプの労働者を描き出したこの作品は、語り手が紹介する船員らのエピソードを重ねる形で物語が進んでいくのであるが、とりわけ葉山自身をモデルにしたと見られる波田という人物は、その存在の特異さにおいて際立っている。船内での波田の仕事は「便所掃除」である。例えば次のような場面。彼は「頑固に凍りついた兄弟たちの汚い物を排除する」ために、熱湯を「どつと一時に打ち空ける」。

　波田は、その熱湯を汚物の壺の中へ注ぐや否や、彼は棒もバケツもそこへ打ち捨てて置いて、サイドから、汚物の飛び出すスカッパーの活動の状態を眺めに行く。

（中略）

波田はスカッパーから、太平洋の波濤を目がけて、飛び散つて行く、汚物の滝を眺めては、誠に、これは便所掃除人以外に誰も、味へない痛快事であると思ふのであつた。

一般的にプロレタリア小説では、資本を生み出す機械に人間が使役される状態は否定的な観点から捉えられる。小林多喜二の「工場細胞」（昭和五）という作品には、ベルトコンベアに体の動きを合わせ、次第に〈機械〉化していく労働者が描かれているが、語り手はそのような労働者の姿を批判的に語り、作中のオルグもそこから身を引き剥がせと労働者たちに呼びかける。ところが波田の場合それとは反対に、自身が船になり代わって快感を得、語り手もそれを肯定する。もちろんそれは「汚い」、「いやな、困難な仕事」である。一体、便所掃除といえばおそらくほとんどの人間は決して好ましい仕事だとは思うまい。「便所」という言葉が〈下層〉のイメージを喚起するからである。けれども波田がその仕事を止めてしまえば、船が機能不全に陥るだけでなく、乗組員の生理にまで影響を及ぼす。人間のある身体器官が具合を悪くすれば、場合によっては命にかかわるのと同じように、船もまたある機関が停止すれば、海という自然の中では乗組員たちの生命が危険にさらされることもあるだろう。いわば波田は職場の最底辺で人間の生命を支えているのであるが、彼はそういう仕事にしか味わえない喜びを見出している。後のプロレタリア小説から見失われてしまった視点である。だが我々が本来取り戻すべきなのも、波田の視点に示された労働観なのではないだろうか。

さて、次に見るのは「淫売婦」という小説である。この作品も「海に生くる人々」と同じく名古屋刑務所で書かれた。「『淫売婦』を書いた時の思ひ出」によれば、「蚊と、蚤と、熱暑」に苦しめられながら監房に閉じ込められていると、とりとめもない「考へが滅茶苦茶にどこへでも走りまはるので、そいつを一つ処へ繋ぎ止めるために」書いたのだという。発表されたのは一九二五（大正十四）年、『文芸戦線』誌上である。

「淫売婦」は語り手の「私」が約十一年前に遭遇した夢とも現実ともつかない「事件」を、今自分がいる獄中で「書きつけて行く」手記という体裁の小説である。欧州航路から帰って下船した「私」（民平）は、ある蒸し暑い七月下旬の夕方、「大分飲んで」横浜のメインストリートに行き交う外国人たちの間をならず者よろしく「ブラ〳〵歩いて」いた。と、繁華な通りを出外れたところで一人の男に呼び止められる。「蛞蝓のやうな顔をし」たその男は「ピー、カンカン」のぽん引きであるらしい。「ピー、カンカン」とは女性が陰部を見せる「商売」のことである。民平は男の誘いに要領を得ないままついていくのだが、連れて行かれた「住居だか、倉庫だか分らないやうな」建物の中で、彼は異様な光景を目にする。

ビール箱の蓋の蔭には、二十二三位の若い婦人が、全身を全裸のまゝ仰向きに横たはつてゐた。彼女は腐つた一枚の畳の上にゐた。そして吐息は彼女の肩から各々が最後の一滴であるやうに、搾り出されるのであつた。

彼女の肩の辺りから、枕の方へかけて、未だ彼女がいくらか物を食べられる時に嘔吐したらしい汚物が、黒い血痕と共にグチャ〳〵に散ばつてゐた。髪毛がそれで固められてゐた。それに彼女の××××××××××がねばりついてゐた。そして頭部の方からは酸敗した悪臭を放つてゐたし、肢部からは、癌腫の持つ特有の悪臭が放散されてゐた。

葉山嘉樹の作品にはしばしば崩壊していく肉体のイメージが現れるのだが、「淫売婦」に描かれた「女」のイメージは、他の作品と比べてもその激しさにおいて一、二を争う。ここに描かれているのもやはり社会の最底辺に生きる人間の命である。

民平は義憤を感じ、彼女を助け出そうと考える。ところが男たちを殴り倒し女を連れ出す段になって、実は彼女が男たちと共同生活をしているのだと知らされる。彼らはかつて労働者であったのだが、今は「搾られた渣」となって売る労働力もない。「あの女は肺結核の子宮癌で」男は「ヨロケ」である。彼らは近代的な価値観、つまり資本主義的な価値観からすれば〈役に立たない〉人間だろう。だがそれでも「生きてると何か役に立てないこともあるまい。いつか何かの折があるだらう。と云ふ空頼みが俺たちを引つ張つてゐるんだ」というわけである。

先に見た「海に生くる人々」でも波田は彼の労働を通して最底辺から命を支えていた。そこでは波田は自身の労働を「便所掃除人以外に誰も、味へない痛快事であると思」っていた。労働自体は自分だけのものだと考え、特別他者と結びつこうとするわけではないのである。それに対して「淫売婦」が示していたのは、崩壊しつつある肉体を拠り所にしながら、その〈役に立たない〉という点で結びつき命を支え合う人間達の姿であった。

人間の肉体が崩壊するイメージは「セメント樽の中の手紙」にも確認できる。先の治安警察法違反で禁錮七カ月の判決を受けた葉山は巣鴨刑務所で服役した。一九二五（大正十四）年、出獄後、妻子が行方不明になっていることを知る。さらにその後、既に移住していた木曾の水力発電所工事現場に戻った。自作の「年譜」によれば「雪の降り込む廃屋に近い、土方飯場で」書いたという。一九二六（大正十五）年一月『文芸戦線』に発表された。

発電所の工事現場でコンクリートを練る仕事をしている松戸与三は、ある日セメント樽の中から出てきた奇妙な手紙を手にする。「Nセメント会社の、セメント袋を縫ふ女工」が送ったというその手紙には、自分の恋人がセメントになったいきさつが書かれていたのである。

私の恋人は破砕機へ石を入れることを仕事にしてゐました。そして十月の七日の朝、大きな石を入れる時に、その石と一緒に、クラッシャーの中へ嵌りました。

仲間の人たちは、助け出さうとしましたけれど、水の中へ溺れるやうに、石の下へ私の恋人は沈んで行きました。そして、石と恋人の体とは砕け合つて、赤い細い石になつて、ベルトの上へ落ちました。ベルトは粉砕筒へ入つて行きました。そこで銅鉄の弾丸と一緒になつて、細く〳〵、はげしい音に呪の声を叫びながら、砕かれました。さうして焼かれて、立派にセメントになりました。

骨も、肉も、魂も、粉々になりました。私の恋人の一切はセメントになつてしまひました。（以下略）

作中最もインパクトのある場面であり、読む者のほとんどが印象に残る部分としてここを挙げる。女工の恋人が機械に巻き込まれ擂りつぶされていくこの件は、「淫売婦」の女のそれよりもさらにラジカルである。「あなたも御用心なさいませ」と結ばれるこの手紙は、働くものは誰もが労働の中に消滅していく自己の命をイメージするというしかけになっている。そうして女工は「あなたが、若し労働者だつたら、私にお返事を下さいね」と願う。同じ労働者として私につながれと呼びかけるのである。だが作品はもう一つの命を描き出す。与三が手紙を読み終えてふと目を上げると、子供たちが家の中で騒ぎまわっている。彼は酒を一息にあおると「へゞれけに酔つ払ひてえなあ。さうして何もかも打ち壊して見てえなあ」と怒鳴るのだが、すぐさま女房に

「へゞれけになつて暴れられて堪るもんですか、子供たちをどうします」と遮られる。

彼は、細君の大きな腹の中に七人目の子供を見た。

労働者の命がむざむざ擂りつぶされていかなければならない状況に抵抗するためには、同じ状況に立たされた人間同士がつながって互いに支えあう必要があるだろう。むろんそれは、ともすれば彼／彼女の仕事を放棄することをも意味している。だが与三が仕事を停止してしまえば、今彼が透視しているこの命も停止することを余儀なくされる。与三の困惑は深い。解体される命の未来を、まだ見ぬ命に託して作品は終わる。

見てきたように、葉山嘉樹の作品には労働が紡ぎ出す様々な命の姿が描かれていた。だが、プロレタリア前衛が大衆をオルグし資本家とどう闘うかといった戦術論に傾いていった他のプロレタリア小説と異なって、葉山は様々な時・場所の最底辺で闘う命を見つめ続けた作家だと言える。働くことが人間を、そしてまた命を追い詰めている現代にあって、改めて我々は葉山嘉樹に目を向けるべきではないだろうか。

（『彷書月刊』第二八一号、二〇〇九年二月）

3

葉山嘉樹の魅力 Ⅱ

浅田《あさだ》 隆《たかし》
奈良大学名誉教授

一九九五年は葉山没後五十年にあたり、私なりにその思いをこめて『葉山嘉樹――文学的抵抗の軌跡』（95・10 翰林書房）をまとめた。以来十年。この十年間の社会の右傾化と青年の政治離れの進行にはすさまじいものがある。植民地文化研究会が二〇〇五年六月に「植民地解放60周年記念フォーラム」を開催し、また十月には「葉山嘉樹没後60年記念の集い」において非業のうちに生涯を閉じた葉山を見直そうとしたことに、賛同し参加した。

例えば今、学生達に「プロ文とは何か」と問いかけると、何人かは首をかしげ、「プロの文学」などと答える者もいる。「プロ」からプロフェッショナルの「プロ」を想起しても、プロレタリアートの「プロ」を想起できない者が増加しているのだ。文化の態様としての「重厚長大」から「軽薄短小」への移行が取沙汰されてから も久しく、出版界では今や文庫本と新書判が空前の全盛期を迎えているようだ。にもかかわらず、プロレタリア文学系の作品を新刊書店で入手することがどの程度可能なのか、いささか寒々とした状況と言わねばならず、高校生達が大学受験用の文学史で「プロレタリア文学」という言葉に接することがあったとしても、身近に作品を置くことは不可能に近いのだ。否、ひょっとすると高校の国語現場でもプロレタリア文学が担った意義について、その歴史的社会的背景にまでさかのぼって説明できる先生が激減しているのではないか。

今やプロレタリア文学は時代の推移と共に、カビの生えた古びた、現代人に感動を与え得ない存在と化してしまったのだろうか。

1　転向について

ひところ葉山嘉樹研究の流れの中で、葉山は転向したのか偽装であったのかというレベルでの詮索がなされたりもしたが、今日では葉山の転向は定説化していると言ってよいだろう。かつて『海に生くる人々』を書いた素晴らしい作家というイメージへの執着や、転向を思想の問題としてよりも倫理的な節度の問題として取り扱う風潮があった結果、転向と認定することをためらわせていたようだ。しかし問題は、転向か否かにあったのではなく、なぜ転向したのか、それはどのような転向であったのか、といったところにこそあったはずなのだ。

例えば「ある日の開拓村」（43・11『文芸』）の中に「托士たちは、祖国未曾有の国難に挺身して、北辺鎮護の鬼と化すともいとはない、祖国愛の純情に燃えてゐた」と記し、続けて、いかに「開拓団」員がつましい食事に甘んじながらも「共助」の精神で団結し、祖国のための増産にいそしんでいるかを述べている。

また「ありのままの記」（西田勝の調査で、「哈爾浜日日」新聞に43年に発表された由）でも「わが団では挺身して増産一路である。満拓がどうだらうが、祖国日本の戦時体制に酬いるためには、専らに、糧穀を増産し供出する以外に道はないのだ」、「戦争の完遂――あらゆる不便不自由を忍んで、この目標に邁進しなければならぬ」と勇ましい。翌年の「母村と分村」（44・12『開拓』）でも「大東亜戦争前までは、すべての人が消費生活をするのに、その基底をなすものが、生産であり、生産者である。と云ふことが、複雑な機構の為に、ともすれば忘れられ、又は見失はれがちであつた。が、戦争によつて」それを「端的に知るやうになつた」、「すべての生産者は直接、国家に奉仕し、戦力増強に貢献する、と云ふ側面が、鮮明に浮かび上がつてきた」と、従来その存在や労働の国家的意義が顧みられなかった農民が、正当に評価され始めたことについて歓迎している。

このような発言は如何なる視点から解釈しようとも、かつての思想の方向に徴して転向であることは明らかであり、国家が遂行しようとする植民地化政策の一端たる戦争に協力すること、つまりは時局を肯定していることは事実である。しかしこのような葉山の姿を、例えば「常に時代の寵児たる思潮に従順であったと見ることが可能なのである。つまり、権力に対して反抗的批判的であった東京時代は、実は反権力思想＝マルクシズム思想に従順であったのであり、晩年の現実批判意識の喪失も、結局きわめて従順に翼賛政治に順応したのにすぎない」（平野厚「葉山嘉樹論――晩年の作家活動を中心に」78・3『中央大学国文』）と評し去ってよいものだろうか。

すでに拙著『葉山嘉樹』（95 翰林書房）の中でこの平野の解釈を批判したので再び目くじら立てて批判するのは大人気ないとの批評もあるかもしれないが、晩年の葉山の苦渋に満ちた作品内容や屈折した文体の表層をなぞるのみでの揚言は、論文が一人歩きするものである以上機会あるごとに批判しておきたいと思う。葉山晩年の文章には苦渋に満ちた「きわめて従順」とは言えない屈折がある。また同じ意味で赤城毅の「大自然の中に没我せんとする大乗仏教的、枯淡を意図した文体」（「労働文学とプロ文学の結節点」68・12『民主文学』）という葉山の後期作品への批評についても、改めて否定せざるを得ない。

2　描写・表現

葉山のデビュー期の作品「セメント樽の中の手紙」（25・1『文芸戦線』）はあまりにも有名だろう。そして「セメント袋を縫ふ女工」が書いたとされる手紙の透明度は無類のものであり、比喩的に言えば純度の高い南部鉄で出来た小さな鈴を鳴らすように、高い澄み切った音が響いてくるような文体であり、またその文体の中で同胞である労働者に対する無垢の信頼が歌い上げられているのである。しかしこの作品は手紙部分だけがすぐれているわけではない。手紙を読む松戸与三の労働の過酷さを描くわずか四百字程度の冒頭部もまた、なぜ与三が「鉄筋コンクリートのやうに、鼻毛をしやちこばらせ」、「石膏細工の鼻のやうに硬化」させねばならなかったかとユーモラスに解説することで、労働の過酷さの視覚化に成功しており、また所帯疲れし薄汚れた与三のセメントにまみれた手と女工の手紙の清澄感との落差が双方を際立たせているとも言える。そして何よりも強調しておきたいのは、この作品が、作中の与三の日常に近いような工事現場に住み込みで働いていた三十男である葉山によって、何の恥ずかしげもてらいもなく書かれたという事実だろう。そのような心性が葉山にはあるということだ。

同年に発表された「労働者の居ない船」の一節を見てみよう。これは三池マニラ航路に就航する老朽貨物船第三金時丸がコレラの蔓延によって幽霊船になる物語だが、「船の高さよりも、水の深さの方が、深い場合には、船のどこかに穴さへ開けば、いつでも沈むことが能きる。軍艦の場合などでは、それをどうして沈めるか、どうして穴を開けるかを、絶えず研究してゐることは、誰だつて知つてゐる」と珍妙な解説であるが、欧文直訳調とも言うべきぎごちなさを感じさせる文体がかもす滑稽感が、逆に妙にリアリティを与えているようだ。さらに作中の解説者は「軍艦は浮かぶために造られたのか、沈むために造られたのか！　兵隊と云ふものは、殺すためにあるものか、殺されるためにあるものか！　それは一つの国家と、その向う側の国家とで勝手に決める問題だ」と話題をスライドさせる。いわばこれは現実社会に存在する不条理をつなぐ連想であり、続けて「これは、ブルジョアジーと、プロレタリアートとの間にも通じる」とまで言ってしまう。

紙幅の関係で詳しく本文を示すことはできないが、発端の話題は老朽貨物船第三金時丸の危機であったにもかかわらず、瞬く間に連想は別な話題にリンクし、最後には有産者と無産者との闘争にまでスライドし「戦つて片をつける。その暁に、どちらが正しいかゞ分るんだ」とまで言っている。論理的には追いかけ得ない文脈でありながら、連想の連鎖が醸し出す滑稽感によって不条理を不条理として読者に印象付けてしまうようである。

かつて寺田透はこのような葉山の表現術について「落語家のこつを心得た話のようなもの、と言ってもいいかも知れない。笑わすのもしゆんとさすのもお手のうち、と言ったところが葉山の個性にはある」（「葉山嘉樹と平林たい子」58・11『文学』）と評しているが、右の二作品に限らず、葉山作品の随処にそれを確認することが可能である。しかし気になるのはそれを葉山の「個性」と言ってしまってよいのだろうかという点である。

続いて晩年の作品を見るが、結論を先に言えば、確かにそれは「個性」としてとらえ得る要素を持ってはいるが、意識化された方法でもあり、「個性」的な側面を意識的に増幅させているようである。

「入植記」（43・5「毎日新聞」）では「開拓団」のある北部「満洲」を描いている。筆者は「満洲」の大地と直接触れ合う機会を得たが、「満洲」は広大で何処までも同じ風景が続いていた。「トラックは、地球上の最頂点をいつも走り続けた。この無限の北満の曠野は、どこまで行つても、地平線が円く沈んでゐて、一行が走るところが、いつでも最頂点であつた」と表現している。そこには平面的認識ではなく立体的な空間認識があり、トラックが走る「北満」の大地を球形の頂点としてダイナミックに捉えているのであり、葉山は「曠野の微かな隆起は、太平洋の波のうねりであつた。洗面器を伏せたやうな幾つかの曠野のただ中の死火山は、太平洋上の珊瑚礁であつた」と、大地と大海原を比喩的につなぐことで、広大な光景を彷彿させる。

「馬に乗られる」（43・8「信濃毎日新聞」）は徳都県双竜泉第一木曾郷「開拓団」の現地状況を内地に報告する体の小品だ。第一木曾郷には満洲馬が沢山おり、増産体制に向けて子馬も沢山生まれる。満洲馬は日本馬よりはるかに小さく、その子馬はさらに小さい。その子馬双竜泉号と、「開拓団」の馬好きの少年二三四とのあどけない交情をスケッチしているだけの作品だが、子馬や二三四のしぐさやあどけなさの描写には、素朴さと、角度をたがえながらも初期のあの「セメント樽の中の手紙」の清澄感に通うものがある。夏の夜の月光を浴びながら「二三四と双竜泉号とが広場で遊んでゐた。生れて一ケ月位しか経たない仔馬なので、乗るわけには行

1935年頃の葉山嘉樹。長野県飯田市にて

かない。そこで二三四は仔馬の前脚を二本摑まへて脚の間に首を入れ、脚を両肩にかけて、歩いてゐるのだ。仔馬は「歩んよは上手」てな誕生前後の人の子見たいに後ろ脚でヨチ〳〵歩いた」と、少年団員二三四の仔馬への無比のいとおしさのようなものをすくいとっている。

「猫の奪還」(36・4「都新聞」)もまたペーソス漂う内地での身辺雑記風の小品であり、先の寺田透の葉山観が端的に当てはまるような作品だ。

子供達が拾ってきた子猫コロはまだ「飯を食ふ道を知らない」ような赤ん坊で、「私」が「煮干と飯とを口の中で溶ける程噛んで」与えて育てた。そのコロは食糧難の我が家の中で、最もたくましく生き、動物性蛋白質など口にできない家族の中で、コロは捉えた雀を独り占めしようとする。ここで「私」とコロとの葛藤が始まる。「コロ、お前だけ小鳥を食ふつてえのは、ちと贅沢だぞ。みんなたあ云はん、腹と骨とはお前にやるからな。お前だつて、俺に飯を噛んで貰つたんじやねえか」などと「下劣なる心情」を抱き、コロの隙をうかがい何とかして取り上げようとする。しかしまた一方では、「私とコロとの間には、別に契約書や、証文などと云ふものを、交した覚えはないのである。極めて自然に、情愛を以て、私の一家の一員になつたのである。それを今になつて、コロから食費や、間代を、物納によつて、雀の形でとり上げようと云ふのは、それや、私の方が間違つてゐる」という反省もよぎる。よぎりはするが背に腹はかえられず、コロから首尾よく雀を奪取し子供達や「嬶《かかあ》」に食べさせる部位の分割に思いを巡らせつつ、料理にかかる。「腹わたと足の骨は、どうしたつて、コロに返さなけやいかん。全つ切り取り上げてしまふと云ふことは、人道に反する。コロに対しても恥ずべき事と、云はねばならん」等々、「私」は内心葛藤しながら雀の毛をむしり火であぶる。

ことは小さな雀をめぐる葛藤である。四人家族と一匹とに雀を分割すると、一人当たりの取り分はどの程度になるのだろう、というような超ミニマムな食料をめぐる、それも猫を相手の葛藤であるだけに、漂うペーソスは一層その度を高めることになる。葛藤の結末は「猫の奪還」である。食べ頃に焼き上がった雀は「私」の隙を突くコロの敏捷さによって奪い返され、「嬶」は「泥棒猫」とののしる。

「取られたなあ、先づコロだつたんだ。泥棒猫だなんて云ふな。あいつあ被害者だつたんだ。俺が取つた方の側なんだ。泥棒猫なんて云ふな、人聞きが悪い」

そして、私たちは漬物で、良心の呵責なしに夕飯を食つた。

と結ばれる。読者を手玉に取るような話術であり、また猫が生き生きと描かれてもいるのだが、その故に、ユーモラスな語りに乗せた人間の生活苦ややるせなさが説得力を持って浮かび上がってくる。

『古事記』では「咲」という文字を「笑う」という意味に充てている。「咲」の反対概念が「蕾」だとすれば、硬く閉ざされている状態から解きほぐれるのが「咲」だと言えよう。つまり「笑い」には笑う者の心を解きほぐす効用がある。この「猫の奪還」という作品は弱者と強者の関係についてのアレゴリーとして読める要素を内包しており、読者の心を笑いによって解きほぐし、開いた状態のところにアレゴリーを忍び込ませているとも言えるのである。

3　反骨・抵抗

葉山は三三年一月の堺利彦告別式の「弔辞」の中で、「氏が、日本に於ける、階級的最初のユーモリストであつたやうに、私たちは、此、困難な反動期に、ユーモアとアレゴリーと、パラドックスを以て、支配階級に抗争することをも氏の霊前に契ひます」と述べている。小林多喜二が虐殺され軍部や官憲による言論・思想への弾圧はいよいよ仕上げの時を迎えていた。翌年にはナルプが自己解体し、抵抗組織は皆無となる。前年の「無思索時代」（32・10「東京朝日新聞」）でも

　我々の動物的な生活が、もつと困難になり、人間的な思索がもつと深度化される明日に於ては、文章がハンテンを裏返しに着たやうにで無くては、発表され得ないだらう、と云ふ見透しである。ハンテンの表には、帝国主義戦争絶対反対と、染め抜いてはあるが、そいつを裏返しに着た場合には、牡丹の花模様か何かで、百人一首もどきに、文字が染め散らしてある。

と言う。これは堺への「弔辞」で述べた方法に通じ、それを具体化・比喩化した発言である。さらに「民意」（35・6「東京日日新聞」）では「抑へつけられることに馴れてしまつて、自分の姿を見出さない」当代民衆について、「たつた一つの考へ方」に向けて矯《た》められ「盆栽」のようにされているとも言う。そして表現されることが無い「民意」を探り、その「代訴者となりたい」と。「文学は玄人だけのものではいけない」と言い、「素人にだつて分る文学つてものが必要なのではあるまいか。（略）高利貸や重役が読んで、ギョッとし、ルンペンや女工が読んで、ニヤ〳〵し、首吊りの縄を絢ひかけた百姓が、縄の代りに草鞋を作りはじめる、といふ風な小説があつても、いゝではないだらうか」とも。

　これらの文章は三〇年代前半のものではあるが、体制への明瞭な批判意識を喪失した後の後期から晩年にかけての作品にも、今見たような反骨・抵抗の姿勢に繋がるような態度を見ることができ、先の「弔辞」や「民意」「無思索時代」などからうかがわれる態度は葉山の中期以後の文学を貫く基本姿勢だったと言えそうである。

　例えば「開拓団と都市」（発表不詳）や先の「ありのままの記」では「開拓団」の劣悪な生活環境と生活状況を「代訴」し、「開拓団」員の生活の劣悪さにもかかわらず「増産には懸命」に励む「開拓団」員の現実と、

「県や満拓の人々」が貧しくつましい生活に甘んじている「開拓団」付近に、「ビールや酒を多量に持つて来て」、「一日の歓を尽す」といった開拓民と現地役人との生活現実の格差やその無神経さを批判する。そしてほとんど余裕のない「開拓民」と「毎日、昼食は満洲料理と決めて、月に百数十円つけがあつたといふ、満拓の吏員など」との生活の格差に言及し、「この団の暗い面を、もし内地の母村へ知られたらどうだらう。自分は母村や母県には明るい面だけを通信してゐる。が、事実は必ずしも、朗らかな面だけではないのだ」とも記す。この「開拓団」の困難な現実を内地向けには秘するという姿勢には、明らかな拓士送出政策への加担が見られるが、一方「満洲」の現地新聞には「開拓民」の窮状と県や拓務局への批判を「代訴」し続けてもいるのである。

『葉山嘉樹日記』（68・2　筑摩書房）の四三年八月には「新聞（ハルピン日日）の余の記事について質問あり」（23日）と、副県長が夜分にやって来たことを記しており、さらに県ばかりでなく「北安省島崎次長」なるものまでやって来て「余が哈日の随筆について、島崎次長より批評あり。今後小《（ママ）》しくユーモラスなるべきやう要請さる」（25日）とあり、二村英巌団長の責任問題にまで紛糾したらしいことが見える。具体的にどの文章が問題視されたのかは記されていないが、「開拓団」員の立場に立っての「代訴」が県や省の逆鱗に触れそうな内容だったことが想像され、先の「開拓団と都市」や「ありのままの記」も、それに近いものであるように想像される。

葉山はかつての運動のメンバーから孤立し、草深い山村にこもり、山村農民たちの作家という職業への無理解と、かつて左翼であったということによる官憲の監視と、さらにこのことによる村民の白眼視の中に身を置きながら、唯一民衆の代訴人であるところに自己を位置づけようとしていたように見受けられる。しかし、小状況への埋没の結果国家規模の大状況を見失い、利己心という視点から民衆への分配の不平等と分配の恣意性を批判する方向で、自らの矜持を保持しているかに見えるが、そのことそれ自体の中に、問題があると言わねばなるまい。民衆の側に身を置きつづけようとした葉山は、民衆自体が翼賛体制下に組み込まれていく状況を距離化し相対化できなかったのである。
　このような晩年の葉山について小田切秀雄は「民衆の側から、民衆のなかで、おし進めようとして」、「言葉本来の意味でのプロレタリアの文学の作家として成熟した」（『葉山嘉樹全集六・三巻「解説」）と言っている。最晩年においてもなお、民衆の視点からの言揚げを続けているのは確かであり、そこに当代的な葉山嘉樹という作家の限界がありはするものの、そのひたむきな姿勢は現代人にも十分に響いてくる、民衆作家としての魅力があると言えるだろう。

【付記】
1　表題を「Ⅱ」としたのは『奈良大学紀要』第27号（一九九九年三月）に「葉山嘉樹の魅力」を書いたためで、併せてお読みいただければ幸甚である。
2　本稿は、二〇〇五年十月二十九日に開催された「葉山嘉樹没後60年記念の集い」における報告に加筆し、『植民地文化研究』第五号（二〇〇六年七月十日）に掲載した文章の転載である。なお、転載に際し若干の斧《ふ》鉞《えつ》を加えた。

4

葉山嘉樹　プロレタリア文学だけでは、くくれない

丹《たん》野《の》達《たつ》弥《や》
『映画論叢』編輯長

文藝批評の世界にもトンデモ本はある。ついせん出た荒俣宏『プロレタリア文学はものすごい』（平凡社新書）がそれ。胸が悪くなるので詳述は省き、著者の知見の狭さのみ指摘しておく。「労働者階級を装う葉山嘉樹が、早稲田中退の学歴を隠していた」（大意）なンて書いてやんの。これ『筑摩現代文学大系56』（昭和46年）に載った平林たい子随筆の請売り（荒俣は、たぶんこれ一冊で、さきの新書をものしていること、内容からして明らか）。彼女が面白ずくでデマを飛ばす人だってことは併載の中野重治講演でも述べられてるのに。著者はTV出演などで忙しいのだから、担当編集者が裏をとれ。浦西和彦による評伝くらい読め。

未だにバンカラ伝説ばかり喋々される葉山。もっとも作風自体が誤解され易いんだが。スパナで殴って頬っぺたに穴開いた、の如き情景が大好き。血の匂いに溢れ返る小説群。とくに海の上が舞台だと、本人船員あがりゆえ元気潑剌。暴力行為も冴え返る。

フライパンの柄が曲がるほどぶちのめす。うっかり焼けた鉄板に手をつき「ビフテキを最初載つけた時出るのと、全く同じ音」がする。医者が居ないので釘抜きで虫歯を引っこ抜き血がドク〳〵出る。温順《おとな》しいボーイも興赴けば客の家財道具をぶち壊す。手足を失ったり、大火傷を負ったりした水夫たちの描写はグロテスクを極める。事故の犠牲者のちぎれた腕を犬が咥えて歩くなんざ、とんと黒澤明。さきのトンデモ本でも引用すりゃいいのに。中流家庭が舞台の「降って来た人」さえ事情は同じ。主題たるマルキシズム談義の前に、ビルからとび降りた男が「挽肉みたいにグチャ〳〵」と態々記してしまう葉山。残酷趣味は否定できぬか。

「空腹と胃散」のモデル，堺利彦農民労働学校主事・落合久生（前列和服姿，本書II－6参照）と落合が指導した旧制豊津中社会科学研究会のメンバー。1931年（みやこ町歴史民俗博物館蔵）

無軌道野郎が主人公に据えられること多いのも、野蛮な印象に寄与している。九州から東京まで呑まず喰わず、胃散を服んで耐える貧書生など可愛いほう（「空腹と胃散」）。侮辱されたと警察署長の脳天を背後から叩き割る奴。出会いがしらに相手をビール瓶で殴り殺す奴。宿屋の婆さんを理由なく絞めようとする奴。強姦妄想に耽るスリの天才。一人一殺《いちにんいっさつ》のテロリスト。「死の家の記録」の作家も三舎を避けよう。無銭飲食を正当化する短篇は二つもある。パクられた奴に刑事が言う台詞。「それにしても手前、ライスカレー三十六皿と、カツレツ二十四皿と一つもの許り食ふ馬鹿があるか。どうせやるんだつたら、もつと他の色々なうまいものを食はないんだ」（「人間肥料」）。諧謔味が救いである。

葉山と云う男、元来小難しい理屈は持合わせぬ。仲間を馘にされたから懸合に行く。可哀相な労働者が居るから争議に加わる。大正人道主義の影も射すが、大筋は義をみてせざるは……の行為。喧嘩っ早い兄いが、気がついたら労働運動の渦中に居ただけ。「夕陽のギャングたち」のロッド・スタイガーみたいなもの（映画ファンなら判る筈）。

文学の話なんざ人前じゃ愧ずかしくって、の彼が再々引用する小説がゴーリキー「チェルカーシュ」。「収容所群島」に登場する御用文化人然としたゴ氏に非ず。自由を求めてさすらい歩く泥棒が主人公。放浪癖のある葉山が感情移入するのは当然だ。船乗り、発電所工事と「蠅が蠅取紙にくつつくやうに『死』に貼りつけられてゐる」（「移動する村落」、本書I－1参照）かの劣悪な労働環境に触れてきた作家。ルンペン・プロレタリアートの自暴自棄を権力への抵抗と観じ、チェルカーシュの姿とダブらせたかったのだ。

そんな作家ゆえ、手垢まみれの階級闘争用語とはついぞ無縁。意外に思われようが、まともにストライキを扱った作品は「海に生くる人々」くらい。しかもこの処女長篇、起稿こそ大正十二年の転向前後だが、構想は船員廃業直後の大正六年。労働運動にのめり込む遙か以前だ。主人公の一人を思想善導する工員。絵に描いたように悪辣な船長。「罪と罰」はだしの長広舌を揮う娼婦。現実のスト体験を活かしたとは云え、登場人物もやや定型めく。若書きと断じたい。文学全集の類が、プロ文学臭強い是ばかり択ぶのは、作為か単なる不勉強か。

気象人ほど情に脆い。工場のオルグに失敗しても、臆病な工員達に絶望できぬ彼なのだ。刑務所の看守にも、長屋争議の相手たる強慾家主にも、つい〳〵人間性を見つけようとする彼なのだ。便乗傾向小説が、町工場のオヤジまで鬼畜呼ばわりするのと比較せよ。それどころか葉山はこんな短篇も書く。

両足失った乞食と出会った〝私〟。資本主義の、つまり労働災害の犠牲ならん、と義憤に駆られる。で、よく〳〵話を聞いたら、父親の病毒の遺伝だったとさ……。苦労して捕った鴨を上級船員に巻上げられた。畜生っ。この事件がストライキの原因になったとさ……。凡ての悪が資本家の所為ではないし、争議だってエゴを持つ弱い人間の遣ること。革命の手駒に相応しい理念化されたプロレタリアート。そんな奴が本当に居たら御目にかかるよ。公式プロ文学を嘲笑うかの発想は、テーゼに縛られぬ民衆の智恵。其処には豪放なユーモアさえ漂う。

葉山の依る文戦派は合法的な労農派支持。言行一致で(?)手前の内証も苦しい手合いが大半。対するナップ派は非合法の共産党支持。帝大出の秀才が多く、世間知らずのぶんヒロイズムを気取って過激に走る。喰うに困らぬ坊ちゃん達が何故左傾するのか、船員あがりは得心がゆかぬ。昭和初年代の随筆はインテリへの苛立ちで一杯だ。「左の方へさへ行けばいい、ってんで、コロンブスがアメリカでも発見するやうな、意気組みで出帆しちやつた。今時分、極左の方を通り越してしまつてやしないかしら」(「インチキ左翼文士を辻切る」)。余談だが、葉山が最も軽蔑した男は林房雄である。

結局口達者なナップ派が優勢を占め、文戦派は分裂を重ねる。正邪はともあれ、活字を武器としたが最期、

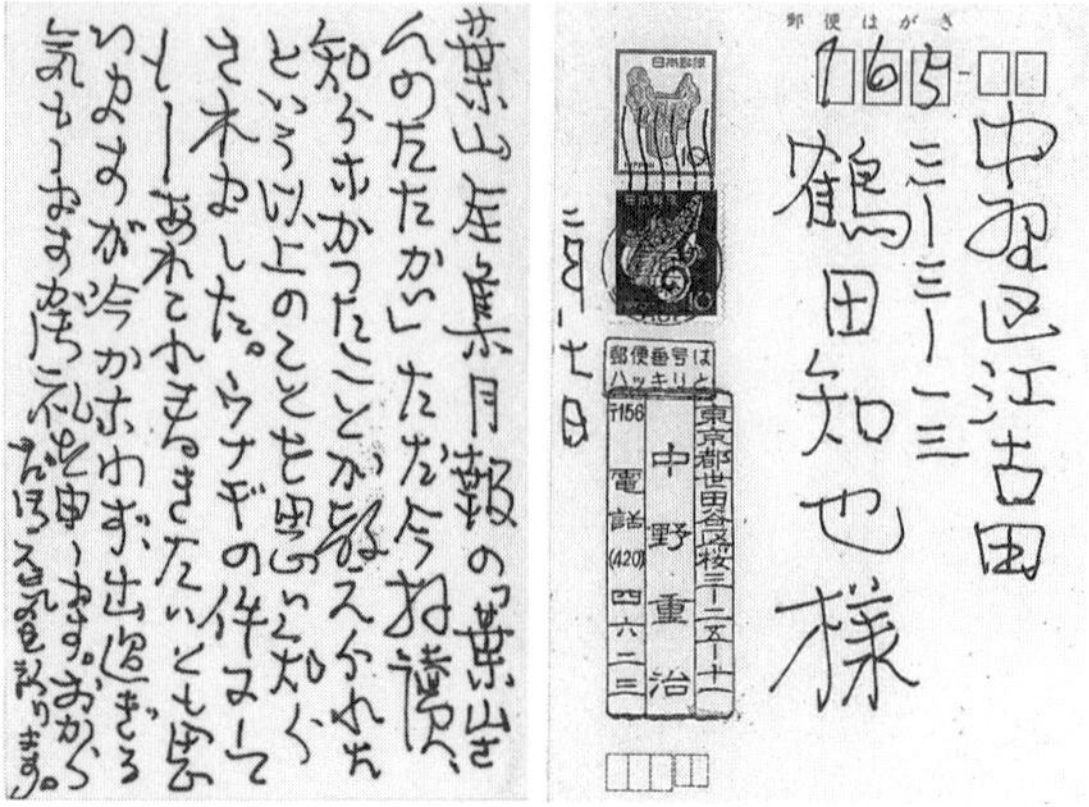

中野重治の鶴田知也宛葉書。1976年3月7日付。「葉山嘉樹全集月報」第5号掲載の鶴田「葉山さんのたたかい」の読後感が記されている（みやこ町歴史民俗博物館蔵）

言論出版界にパイプ太い官立大出身者が勝つに決まってる。貧乏人が中心たるべき運動も、流行と踏むや征服したがる秀才たち。その強慾ぶりは彼等が反抗する田舎の家父長そっくり。そのくせ雲行きが怪しいとみるや雪崩をうって転向。やれやれ。

ナップ派の雄・中野重治に自己弁護小説「村の家」（昭和10年）あり。あっさり転向した倅・勉次に、一刻者の父親が故障を入れる件り。「我が身を生かそうと思うたら筆を捨てるこっちゃ。……里見なんかちゅう男は土方に行ってるっちゅうじゃないかして。あれは別じゃろが、いちばん堅いやり方じゃ。またまっとうな道なんじゃ。土方でも何でもやって、その中から書くもんが出てきたら、その時にゃ書くもよかろう」。これだけの結論に達し乍ら、中野は遂に筆を、有名人の地位を捨てなんだ。仮借《あたら》、の感が深い。

「村の家」発表の前年、里見即ち葉山嘉樹は無名人への途を択ぶ。信州の山奥で飯場の帳付けに戻っていた。無産大衆党執行委員に選出されていた昭和三年。自他を戒めるかに書かれた一節が想起される。「自惚れを追ひ出して、自分を余程厳重にコキ卸してゐないと、他の歯を浮かす丈けでなく自分の足が浮いて終ふ」（「独房語」）。仲間と与太をとばし合い、親方には呼び捨てにされる。信頼した旧知に裏切られ、生活は苦しい。そんな日常の中で、労働者たちの性癖や言葉を記録し、作品に結晶させていく葉山。同行した、やはり船員あがりの愛弟子・広野八郎（本書Ⅲ―2参照）は、工事場物の全てが実体験に基くと証明した（「葉山嘉樹・私史」昭和55年、たいまつ社）。その上で、師はネタ探し根性で山に入ったのでは断じてない、と言う。東京の家にも、しょっちゅう労働者を迎えいれ、共に呑み語らい金を貸した葉山。政治的人間の垢を削落とすに、働く男たちの醸す空気が必要だったのだ、と。

飯場暮らしと、それに続く農村生活は、懐具合はともあれ、精神には活が入れられた。工事場物の私小説を書終えたあと、作家は新たな可能性を拓きかける。

先ず自伝的長篇「海と山と」（昭和14年）。主人公が船に持ち込んだ「チェルカーシュ」を、無教養な先輩水夫が呼んで興がる件《くだり》を見よ。〝生活と文学〟に就て二船員が交わす対話の伸びやかさを見よ。ペンで書くのではなく、藝術を生活したい。若き日のマニフェストにある斯んな言葉が、いま実を結んだかの印象。茲には真の意味でのプロレタリア文学が在る。

その序章を〝石童丸〟と題することで判るように、故郷喪失者たちへの愛惜に溢れた「流旅の人々」（14年）。海への遠い記憶が、哀しい自己否定と共鳴する「安ホテルの一日」（15年）。田紳と三文文士の邂逅を、井伏鱒二はだしで綴った笑劇「義俠」（16年）。皮肉の効いた掌編「不思議な村」（16年）。粒揃い、の感。

しかし昭和十八年、葉山の気持ちは満洲へ向かう。開拓団員として生活し、遂には引揚時に横死。愚かな死と世人は嗤う。己れの足元を確かめ〳〵、自己批判を怠らなんだ男が、王道楽土幻想だけには目が眩んだ。「八紘一宇の大理想」の如き空虚な言廻しを遺作に見るのは辛い。「民衆への同化が、民衆の誤りへの同化ともなった」（小田切秀雄・大意）。だが、農村の実際を知ってしまった熱血漢に、侵略云々の観念は無理な話だ。

行掛り上「村の家」の〝勉次〟の戦中戦後を一瞥しておく。昭和十七年、日本文学報国会発足、会員に。十九年、伊勢神宮で禊。二十年六月、召集。同十一月、日本共産党再入党。同十二月、新日本文学会設立、中央委員に選出。二十一年、地元福井で衆議院議員選挙立候補、落選。二十二年、参議院議員当選。二十三年、選集刊行（中絶）。ねちねちと着実に。

葉山を文学から逃走せしめ、果ては殺すに至った自己批判の誘惑。それを見事に克服した男が茲にいる。

（『文學界』第五五巻第一号、二〇〇〇年一月）

5

「死」をめぐる邂逅　葉山嘉樹と萩原朔太郎

野《の》本《もと》　聡《さとし》
法政大学中学高等学校講師

文学史の常識からすればいささか奇異な取り合わせに見えるだろうか。プロレタリア作家と近代詩人の、一見交わるはずのない軌跡は、だが、まさに思いも寄らぬ場所で交差しているのだ。「プロレタリア」意識を高揚させようとする件の雑誌群でもなく、また詩というジャンルからも遠く離れた、一般に流通する二人のイメージからはおよそ似つかわしくない、ときに通俗的とさえ揶揄されかねない「探偵小説」という場で。

「触覚的イメージ・密室空間への偏執・〈存在〉と〈不在〉とにまつわる想念・変装趣味・ユートピア願望等々を、モチーフとし、作品形象する傾向において、お互い大いに通底しあっていたようだ」[1]と、萩原朔太郎と江戸川乱歩とのインター・テクスチャリティを指摘する高橋世織は「萩原朔太郎が散文詩「死なゝい蛸」を寄せた、昭和二年四月の『新青年』は、乱歩の「パノラマ島奇譚」の連載が終わった号でもあった」ことに注意を促す。だが、『新青年』一九二七年四月号の目次に並ぶもう一人の名に着目することは、やや先走って言えば「死なない／死ねない」ことをめぐる不死の思考圏へと私たちを導いてくれるのだ。葉山嘉樹――彼が、多くの優れた探偵小説を掲載し都市モダニズムの一翼を担った『新青年』[2]に寄せた短編は「死屍を食ふ男」と題されている。奇しくも遭遇するこの『新青年』のこの号において、萩原朔太郎の散文詩「死なない蛸」と葉山嘉樹「死屍を食ふ男」が〝死〟の符号を共有することは興味深い。それは未だ成し得ぬ二人の、死をめぐる対話でもあるかのようだからだ。

葉山嘉樹の「死屍を食ふ男」[3]は死肉嗜食（necrophagia）を描く怪奇小説である。舞台は「殿様が追ひ詰めら

福岡県立育徳館高等学校の
シンボル，藩校時代の黒門

れた時に、逃げ込んで無理に拵へた山中の一村」にある「昔は藩の学校だつた」という中学校の寄宿舎。「聖徳太子の建立に係ると云はれる国分寺に続いてゐた」などとある設定からは、それが他ならぬ葉山嘉樹自身が学んだ旧制豊津中学校（現在の福岡県立育徳館高等学校）と重なることがわかる。「明治が大正に変らうとする時になると、その中学のある村が、栓を抜いた風呂桶の水のやうに人口が減り初めた」と記す「死屍を食ふ男」というテクストは、時代や政治の不備に翻弄され疲弊せざるを得ない故郷豊津を密やかに形象化している点でも注目に値するのだ。

　さてその「寄宿舎」の「一方は湖になつてゐた。毎年一人づゝ、その中学の生徒が溺死する慣はしになつてゐた。／その湖の岸の北側には屠殺場があつて、南側には墓地があつた」。その年もまた一人の野球部の部員がその湖で溺死し、墓地に埋葬される。寄宿舎の寮生である安岡は同室の深谷がその「新仏」を「未だ固まり切らない墓土」から掘り起こしているのを目撃してしまう。


　ブツッ！と、鋸の刃が何か柔かいものに打つ衝る音がした。腐屍の臭が、安岡の鼻を鋭く衝いた。

　生垣の外から、腹匍ひになつて目を凝らしてゐる安岡の前に、徐に深谷が背を延ばした。

　彼は屍骸の腕を持つてゐた。そして周りを見廻した。恰度犬がするやうに少し顎を持ち上げて、高鼻を嗅いだ。

　名状し難い表情が彼の顔を横切つた。と全で、恋人の腕にキッスでもするやうに、屍の腕へ口を持つて行つた。

　彼は、うまさうにそれを食ひ初めた。

福岡県立豊津中学校卒業写真。1913年３月。最後列左より12人目が葉山嘉樹

このあと安岡は「病名が判然としな」い病気となり、「屍を食ふのを見た一場」という理解不能な出来事を「切れ〴〵な言葉で」「物語」り「忌はしい世に別れを告げてしま」う。だがこれを以てこの出来事の意味は確定したのだろうか。ここでまず着目したいのは「鋸の刃」によって分断され、深谷の死肉嗜食によっておそらくは細かく裁断され、やがて彼の胃袋の中で消化、消滅していく「死屍」の在り様なのだ。そもそもこの「死屍」の「死」そのものが死者その人にとっては何ら因果関係が明らかにならない「毎年」の「慣はし」に沿っただけと意味づけられた不条理なまでの出来事であった。この短編は「行方不明になつた」深谷の「屍骸が汀に打ち上げられ」たところで終わる。第一の溺死者の「死屍」は、それを喰らった深谷の溺死によって二重に消失する。「大理石のやうに半透明であつた」「死体」の中にもはや「死屍」は、ない。第一の溺死者は、たとえその死が無意味なものであったとしても一旦は定位したはずの「墓場」から暴力的に引き摺り出され、しかもそれを死肉嗜食した深谷の死によって一層不確定な、「死屍」なき死を漂っていかねばならないのだ。

さらに、この「死屍を食ふ男」の「死屍」の在り様は葉山嘉樹の代表作「セメント樽の中の手紙」の、粉砕される労働者の身体のイメージにどこか重なってこないだろうか。

仲間の人たちは、助け出さうとしましたけれど、水の中に溺れるやうに、石の下へ私の恋人は沈んで行きました。そして、石と恋人の体とは砕け合つて、赤い細い石になつて、ベルトの上へ落ちました。ベルトは粉砕筒へ入つて行きました。そこで鋼鉄の弾丸と一緒になつて、細く〳〵、はげしい音に呪の

声を叫びながら、砕かれました。さうして焼かれて、立派にセメントになりました。(4)

「私の恋人」の身体は「砕かれ」、「赤い細い石になつて」いく。だがこの時、粉砕する側の暴力の痕跡は巧妙なまでに隠蔽される。なぜなら粉砕される者はそこに「死屍」すら残すことはできず、代わりに「立派にセメントにな」るのだから。「骨も、肉も、魂も、粉々になりました。私の恋人の一切はセメントになつてしまひました」。自らをセメントと化す暴力に対して、しかしこの「セメント／死屍」は「私の恋人」たる主体を失い、セメントという物質性ゆえに細かく細かく分散していくしかない。「西にも東にも、遠くにも近くのも葬られてゐる」死屍／死の拡散と不定位を「手紙」は見定めようとしている。馴致できぬ生々しい暴力を記憶し、その記憶の分有を求める女工の次のような言葉は、「恋人」の死屍／死の行き先を定位し、「きつとい、事」、「それ相当な働き」をする「恋人」自身の主体を回復したいという願いにも聞こえてくる。

此樽の中のセメントは何に使はれましたでせうか、私はそれが知りたう御座います。

私の恋人は幾樽のセメントになつたでせうか、そしてどんなに方々へ使はれるのでせうか。あなたは左官屋さんですか、それとも建築屋さんですか。

私は私の恋人が、劇場の廊下になつたり、大きな邸宅の塀になつたりするのを見るに忍びません。ですけれど、それをどうして私に止めることができませう！　あなたが、若し労働者だつたら、此セメントを、そんな処に使はないで下さい。

だが、女工の言葉は「恋人」の死が終わることなく滞留していることを逆説的に意味してしまう。「セメント／死屍」は女工の予想だにしなかった場所、恵那山が聳える木曾川のほとりに位置する発電所に塗り込められていた。もちろん発電所という巨大なセメントのオブジェは「私の恋人」の死のモニュメントたり得ない。死屍は女工が予想した「廊下」や「塀」といった局所に確定されたわけではなく、限りなく巨大な建造物の中へ、その巨大さゆえに決してこことは定位できぬ形で拡散されたのだ（産業資本主義を支えるインフラストラクチュアーとしての、他ならぬ「発電所」にこそ労働者の死が拡散しているとのイメージは、三・一一以後、フクシマを予兆する表象として読むことを誘発する）。

どこにも餌食がなく、食物が全く尽きてしまつた時、彼は自分の足をもいで食つた。まづその一本を。それから次の一本を。それから。最後に、それがすつかりおしまひになつた時、今度は胴を裏がへして、内臓の一部を食ひはじめた。少しづつ、他の一部から一部へと。順々に。

かくして蛸は、彼の身体全体を食いつくしてしまつた。外皮から、脳髄から、胃袋から。どこもかしこも、すべて残る隈なく。完全に。

『新青年』においてはおそらく「怪奇」としてジャンル化され括られたであろう「死屍を食ふ男」と萩原朔太郎の散文詩「死なない蛸」[5]との怪奇性は、その間に葉山嘉樹のもう一つのテクスト「セメント樽の中の手紙」を置く時、一層顕わになる。「死なない蛸」が労働者の実態のメタファーとして読めてしまうことこそ怪奇なのだ。労働者が生存を続けるためには蛸が自らの足を食うように自らの身体を食いつぶしていくしかない。「蛸」としての「労働者」―「私の恋人」は確かに「彼の身体全体を食いつくしてしまった」。しかし「骨も、肉も、魂も」その全てが「粉砕筒」に、あるいは資本主義そのものに最終的に食い尽くされる以前から、彼はその生活の主体としての身体をそれに見合う対価なきままに疲弊させ、すなわち「少しづつ、他の一部から一部へと。順々に」自ら消尽することを余儀なくされていたはずだ。身体の過剰なまでの自壊、いや緩慢な死としての労働。それがプロレタリア文学が描き告発し続けた搾取の実態だ。

　そしてどこの岩の隅々にも、もはや生物の姿は見えなかつた。蛸は実際にすつかり消滅してしまつたのである。

　けれども蛸は死ななかつた。彼が消えたしまつた後ですらも、尚且つ、永遠にそこに生きてゐた。

蛸は死ななかった。正しく言えば、「消えたしまつた後ですらも、尚且つ、永遠にそこに生きてゐ」るとは、水族館の、忘れ去られた水槽に囚われの「蛸」が、その囚われゆえに自身の死を決して死ねなかった事態を意味している。「埃つぽい日ざしの中で、いつも硝子窓の槽にたまつてゐた」「腐つた海水」には、そこが死の空間でありながら終わりを保証されず、未完了のままの〝なにか〟がない……が満ち満ちている。これは葉山嘉樹「死屍を食ふ男」の「大理石のやうに半透明であつた」「死体」の中に、もはや〝ない〟「死屍」の死の不可能性を思い起こさせる。「死屍」も決して自身の死を死に得てはいなかった。

葉山嘉樹研究の近年の優れた成果である楜沢健「プロレタリアのお化け―葉山嘉樹『セメント樽の中の手紙』―」(6)は「労働者が粉々に混じったセメントのお化け、労働者というお化け」という表現を用いる。「お化け」とは、死してなお死ねなかった者の謂いである。「私の恋人」は、朔太郎の「死なない蛸」が決して〝死ねなかった〟ように、「お化け」として、死ねない〝なにか〟として、限りなく拡散し、浮遊し、漂泊しているのではあるまいか。そしてこの拡散を散種とも読みかえようとするのがあの女工の手紙だったことにも注意したい。

無限に延期された死を前に滞留し漂泊し続ける者たちがいる(いや、「いる」とさえも表象することはできない)。〝死ねない〟蛸、死屍、セメント／私の恋人……。〝死ねない〟という不死に結ばれた、否、結ばれ得ぬ、決してその名を明かし得ぬ〝なにか〟たちの友愛が、漂泊のうちに生起しようとしている。不死をめぐる対話――それが葉山嘉樹と萩原朔太郎の邂逅であったのだ。

【付記】

本稿は「不死／漂泊―萩原朔太郎「死なない蛸」―」(『日本文学』第五一巻第九号、日本文学協会、二〇〇二年九月)の「Ⅱ」を大幅に加筆、修正したものである。

注

(1)「朔太郎と乱歩」(『『新青年』読本全一巻』、『新青年』研究会編、作品社、一九八八年二月、所収)。

(2)葉山嘉樹が『新青年』に寄せた作品は他に「暗い出生」(一九三〇年三月号)、「航海ランプ」(一九三六年七月号)が確認できる。葉山嘉樹と探偵小説との関連については稿を改めたい。

(3)引用は『「新青年」復刻版』(本の友社、一九九三年七月)に拠った。なお適宜、旧字体を新字体に改め、ルビ、傍点は略し、明らかな誤字は訂正した。

(4)引用は『葉山嘉樹全集　第一巻』(筑摩書房、一九七五年四月)に拠った。

(5)引用は3と同じ。

(6)『国文学研究』第一二六集(早稲田大学国文学会、一九九八年十月)所収。

6

堺利彦農民労働学校のアドバイザー葉山嘉樹

小正路《こしょうじ》淑泰《としやす》
地域史研究者
三人の会

はじめに

堺利彦農民労働学校は、一九三一年二月十一日、福岡県京都郡行橋町（行橋市）に開設され、三〇年代に四期に及ぶ短期講習会を開催し、京都郡豊津村（現みやこ町）には本格的な校舎も建設された[1]。のちに校舎は行橋に移転、豊前農民会館として再建され、一九三八年五月にはそこで九州農民学校が開催された。堺利彦農民労働学校は、戦後の京築地方の政治や文化にも影響を与えている[2]。

学校創設期の運営主体は、無産大衆党→全国大衆党→全国労農大衆党と再編される京築支部であり、そこには、労農派地方同人、文芸戦線読者委員会、独立系水平社・自治正義団[3]、キリスト教自由主義の『村の我等』同人[4]、アナキズム系の農民自治会[5]など京都郡における農村社会運動の諸潮流が合流していた。

これら農村青年たちが担った教育運動を、校長堺利彦[6]を始め、文芸戦線派作家の葉山嘉樹と鶴田知也[7]や、早稲田大学建設者同盟出身の水平運動指導者・田原春次[8]など京都郡出身の在京知識人が全面的に支援した。

堺利彦農民労働学校開設に際し、京都郡の農村青年たちが参考にした先行事例があった。田原春次が水平運動を背景に東京浅草地区で開設した浅草プロレタリア学校、堺利彦長女真柄の夫高瀬清が運営したプロレタリア政治学校[9]（校長河野密）、そして、「無産村強戸《ごうと》」として二〇年代後半から全国的に注目を集めていた群馬県新田郡強戸村（現太田市）の農民教育機関などである。

堺利彦農民労働学校の中心的な働き手であった落合久生[10]が、『文戦』（『文芸戦線』改題）一九三一年四月号に掲載した「第一期堺利彦農民労働学校報告」には、次のような記述がある（傍点引用者）。

> プロレタリヤであり乍ら吾々の運動に参じない人々がある！　吾々の運動が見へないからであらうか？然り！　そうであらう、吾々の目標が違つて居たのか？　然りそれもあらう。吾々は決して此学校の考へを昨今に抱いたものではない。吾々は既に無産大衆党時代から現在とは大して相違を見ない考へを持つて居た。此土地の事情に最も通じて居る先輩葉山嘉樹氏は吾々に「その地方では、学校以外にいゝ方法があるまい」と云ふ意味の葉書をくれた。吾々に与へられた此種の手紙は非常に多い。

本稿では、堺利彦農民労働学校のアドバイザーとしての葉山嘉樹について論じてみたい。

1　葉山嘉樹らの無産大衆党九州遊説が学校設立を促進

葉山嘉樹は、「淫売婦」（『文芸戦線』一九二五年十一月号）などで衝撃的に文壇デビューしたあとも、一九二八年から翌年にかけて、無産大衆党、日本大衆党、同党分裂反対統一戦線同盟（分裂反対全国実行委員会）に精力的にコミットし、作家活動と無産運動を並列させていた。

無産大衆党（委員長欠・実質堺利彦、書記長鈴木茂三郎、党員二五〇〇名）は、三・一五事件で解散を命じられた労働農民党勢力の離散防止を目的に労農派が結成した過渡的地方政党である。落合久生は、一九二八年九月同党の京都郡支部準備会を結成し、行橋および豊津で演説会や電燈料値下げ町・村民大会を開催した。福岡県では、無産大衆党の支部が結成されたのは、唯一京都郡のみであった。

しかし、内務省警保局『特別高等警察資料』一九二八年十一月号が、「党員の糾合意の如くならざる」、「何等目標とすべき地盤なき為め未だに組織の完成を見るに至らず」と的確に指摘しているように大衆的な支持は容易に拡大できなかった。

そこで、こうした閉塞状況を打破するために計画されたのが無産大衆党九州遊説である。葉山嘉樹、鶴田知也、田口運蔵、堺利彦の妻為子らが弁士として招聘され、一九二八年十二月六日小倉市、八日八幡市ニコニコ座、九日行橋町京都郡公会堂で演説会を開催した。ところが、無産大衆党、日本労農党、日本農民党、九州民憲党、中部民衆党、島根自由民衆党、信州大衆党の七党合同問題（＝日本大衆党成立、同年十二月二十日）への対応のため、予定されていた九州各地での遊説は中止となり、葉山嘉樹ら一行は福岡県若松市で文芸講演会を開催したのち帰京する。

鶴田知也は、『文芸戦線』一九二九年一月号で、この九州遊説について、「無産大衆党福岡支部《（ママ）》主催の九州遊説に同志葉山嘉樹と出かけた。下関でつかまり門司で引張られ辛うじて支部事務所のある豊津に入つた。ここは我々の故郷である。大典の警備がまだ解かれぬとあつて、福岡県全高等課――熊襲の子孫共――をあげてのお話にならぬ暴圧振りだ。僕は、総計五十字を話せたゞけで終つた。しかし、その効果は予期以上に上り、官憲に対する極端な憎悪厭嗟の声は北九州に捲起つてゐる」と報告している。

無産大衆党京都郡支部も、「無産大衆常京都郡支部の計画になる全九州の大遊説は、官憲の組織的弾圧により弁士は検束、堺利彦氏のメッセージを始め印刷物は悉く没収され、入場者はサーベルの狭道のために恐嚇される等々の言語に絶する暴圧に会つた」が、「今回の企画が北九州のみならず全九州に亙つてセンセーションを捲き起し、同時に熱烈な支持の声を聞き得たことをひそかによろぶものである」という「声明書」を発表した（「福岡日日新聞」一九二八年十二月十八日）。

鶴田知也の述べる「その効果は予期以上に上り」や、「声明書」にある「全九州に亙つてセンセーションを捲き起し同時に熱烈な支持の声を聞き得た」とは、単なる政治的プロパガンダではなく、ある程度の実態を反映したものである。

例えば、『文芸戦線』一九二九年二月号には、「九州遊説隊の葉山鶴田両氏から来分の報に接し乍らお逢ひする事の出来なかつた事は今年の悲しい一事」（大分　佐々木義郎）[11]、「先達、鶴田葉山氏から端書を頂いた。就いては、講演当日、ささやかな歓迎会を開催する計画中に講演中絶の報を聞かされて全く失望してしまつた」（福岡　荒牧生）、「鶴田兄弟が若松で文芸講演会を開催したとあるのを見て、知らなかつたのが実際惜しかつた。予め知つて居れば飛んで行くんだつたんに」（九州　稲田啞郎）など無産大衆党九州遊説に対する九州各地からの「熱烈な支持の声」が寄せられている（本書Ⅲ－4参照）。

こうした葉山嘉樹ら在京知識人の民衆動員力に確かな手応えを感じていた落合久生ら京都郡の農村青年たちは、この頃より、大衆的支持拡大のための農民学校設立構想を抱き、二年後に堺利彦農民労働学校として具体化したのである。

「はじめに」で引用した落合久生「第一期堺利彦農民労働学校報告」の「吾々は決して此学校の考へを昨今に抱いたものではない。吾々は既に無産大衆党時代から現在とは大して相違を見ない考へを持つて居た」とは、以上の経験に基づく記述であった。

2　葉山嘉樹と堺利彦農民労働学校

第一期堺利彦農民労働学校（一九三一年二月十一～二十五日）は、述べ約八百名の参加者があり、門司、小倉、行橋、豊津での有料講演会には約五千名が入場するなど、主催者の予想を上回る大きな社会的反響を呼んだ。

そこで、全国大衆党京築支部は、校舎建設運動に着手し、リーフレット「堺利彦農民労働学校校舎建築に就いて」(みやこ町歴史民俗博物館蔵)を発行、一五〇〇円を目標に一口一円の資金カンパを訴えた。

一九三一年七月五日、全国大衆党、労農党、社会民衆党合同派の合同で全国労農大衆党(労大党)が成立した。機関紙「全国労農大衆新聞」第三三号(一九三一年八月五日)は、「堺利彦/農民学校開講」の見出しで、第二期の開設講座と講師について、以下のように紹介している。

唯物史観・日本社会運動史(堺利彦)、プロレタリア経済学(岡田宗司)、社会世相批判(葉山嘉樹)、プロレタリア文学論(鶴田知也)、闘争運動史(田原春次)、マルクス政治学(平野学)、農村経済学(古市春彦)、議会は何をしているか(浅原健三)、世界状勢(長野兼一郎)、工場とプロレタリア(岩藤雪夫)、資本主義撲滅史(水木楝平)、自然科学の話(高橋信夫)、闘士列伝(落合久生)。

第二期の講師陣は、①堺利彦、岡田宗司、葉山嘉樹、鶴田知也、長野兼一郎[12]、岩藤雪夫、水木楝平の労農派――文芸戦線派、②田原春次、平野学の旧日本労農党系、③古市春彦、浅原健三の旧九州民憲党系、④落合久生、高橋信夫の在地農村青年の四グループに類別できる。①が突出している点が、他の独立系労働学校・農民学校には見られない創設期堺利彦農民労働学校の大きな特徴であった。

第二期堺利彦農民労働学校は、当初予定どおりに一九三一年八月二十五日に開講した。しかし、葉山嘉樹、長野兼一郎、岩藤雪夫、水木楝平の文芸戦線派の四人は参加していない。なぜ、葉山は参加しなかったのか。日本郵船の下級船員を辞めて佐賀に在住していた広野八郎(本書Ⅲ―2参照)に宛てた葉山嘉樹書簡(『葉山嘉樹全集』第六巻)からその理由を探ってみよう。

葉山嘉樹は、「八月か七月末、九州に参りますから、その時お目にかゝり度いと思ひます」(一九三一年六月十

1931年11月25日，東京芝区田村町飛行会館で開催された「農民学校の夕」のポスター（法政大学大原社会問題研究所蔵）

一日付）、「八月二十五日から九州で開かれる労働農《ママ》民学校に行きますが、その途中、兄をお訪ね出来るのを楽しみにしてゐます」（同年七月十九日付）と第二期堺利彦農民労働学校の講師として帰郷した際に広野八郎と再会できることを楽しみにしていた。

ところが、第二期開講日当日の八月二十五日付書簡には、「又々計画倒れで、旅費の調達不能の為出発不可能になりました。電報を頂きましたが、返電の費用さへも無い始末です」とあり、葉山は、東京―行橋間の旅費十五円が工面できずについに帰郷できなかったのであった。一カ月後には満州事変が勃発するというこの時期、葉山は時局の重圧感から創作活動が行き詰まり、稿料収入の減少により東京での生活を維持できなくなるほど追いつめられていた。

そこで、鶴田知也は第二期の担当講座「プロレタリア文学論」で葉山の代表作「セメント樽の中の手紙」を朗読し、「同志葉山の小説は、殊にこの作品は極めて朗読に適してゐるので多大の感動を聴講者に与へた」（「『朗読小説』に就いて」、『文戦』一九三一年十一月号）と言う。鶴田が「セメント樽の中の手紙」を朗読したのは、葉山嘉樹の講義を待望していた聴講者がいたからであろう。

労大党京築支部は、第二期堺利彦農民労働学校終了後の十月十日、豊津村に常設校舎建築を起工し、建設資金の不足を補うため、十一月二十五日東京芝区田村町飛行会館で「農民学校の夕」（入場料八十銭）を開催した[13]（写真参照）。「農民学校の夕プログラム」（法政大学大原社会問題研究所蔵）には、「堺利彦農民労働学校後援会」の一人として葉山嘉樹の名前が記されている。葉山は、「農民学校の夕」で司会を担当、その三日前に「労働《ママ》農民学校」という短いエッセイを脱稿し、『女人芸術』一九三二年一月号に掲載した（『葉山嘉樹全集』

第五巻）。

私は今まで、幾つか私の郷里について書いた。／そこは、北九州の大工業地帯と、大炭坑地帯とを結ぶ、鉄道線路の一駅、豊津と云ふ小さな、淋しい村である。（中略）／此同じ村で生れて育つた人に、堺利彦氏がある。氏が生れたからと云ふ訳ではあるまいが、此村には、その節にその意味で厄介になる者が、大部沢山出るやうである。今、地元の赤い人達が、堺利彦労働《ママ》農民学校の基礎を、文字通りに築きつゝある。／それは常設的な学校で、校舎の木材は篤志家の寄附に依るものである。基礎工事は、地元の先進分子が集まつてやつてゐる。／中に面白いのは、「天才的な井戸掘り」が居て、井戸を「一本」寄附する事を申し出たさうだ。／井戸を「一本」とは面白い表現である。／材木も積んであるし、基礎も出来たし、井戸も一本出来るんだが、建築には取りゝかれないでゐる。／数日後に、飛行会館で、その建築資金募集の、高級パライテー《ママ》をやる事になつてゐる。／「そんなものが出来上つちまつちや此村の滅亡だ」なんかつてんで、恩給取り階級は大分動揺したやうである。そして、数々の封建的な波瀾を産んだやうであるが、それもほんの少しの時間を辛抱すればいいだらう。人間の皮膚が垢となつて新陳代謝をするやうに、人間の社会だつて垢をどんどん出すのだから。親爺は反対派だが子供は熱烈な支持者だなどと云ふのが、フンダンにあるんだから面白い。／同じ村の出身鶴田知也なんかは、親子兄弟で支持し積極的に働いてゐる。その親類が九十九パーセント反対だつたんだから、とても煩さかつたらしい。

常設校舎は、一九三一年十二月一日ようやく上棟式を迎えた。ところが、翌日、校長堺利彦は、労大党本部で開催された「対支出兵反対闘争委員会」からの帰宅途中、脳溢血で倒れ、一九三三年一月二十三日、ついに「棄石埋草」の生涯を閉じた。

葉山嘉樹は、一月二十七日青山斎場で開催された堺利彦告別式で、郷党及び友人代表として、次のような「弔辞」（『葉山嘉樹全集』第六巻）を述べた。

棺を蔽うて、その人の価値を知ると、昔の人は云つたが、今、私たちは、堺利彦氏の棺を蔽うて、その階級的節操の、完璧なるを知った。人生六十余年、その間、あらゆる迫害と、圧迫とに堪へて、今日、氏の柩を送る。氏は私たち九州の豊津の先輩である。氏が、全日本の、階級闘士の師表であるが如くに、私等の郷里が、階級闘士の大量生産地たらんことを努力すべく、故、堺利彦氏の霊前に約束します。又、氏が、日本に於ける、階級的最初のユーモリストであつたやうに、私たちは、此、困難な反動期に、ユーモアとアレゴリーと、パラドックスを以て、支配階級に抗争する事をも氏の霊前に契ひます。氏の全目的は階級解放であつた。氏の遺志をつぎ、私たちは、心から死を賭して、この道につくことを、最後にお約束致します。

この時期、葉山嘉樹は、「人間的な思索がもつと深度化される明日に於ては、文章がハンテンを裏返しに着たようにで無くては、発表され得ないだらう、と云ふ見透し」から、「ハンテンの表には、帝国主義戦争絶対反対と、染め抜いてはあるが、そいつを裏返しに着た場合には、牡丹の花模様か何かで、百人一首もどきに、文字が染め散らしてある」（「無思索時代」、『葉山嘉樹全集』第五巻）という「ハンテン文学」（半纏文学＝反転文学か？）を提唱していた。まさにそれは、堺利彦への「弔辞」で述べたようなユーモア、アレゴリー、パラドックスを駆使した文学的抵抗を試みるものであった(14)。

3 群馬県「無産強戸村」の農民教育

堺利彦農民労働学校のモデルケースの一つである「無産村強戸」の農民運動や農民教育に関する情報を落合久生ら京都郡の農村青年に提供したのは、他ならぬ葉山嘉樹であった。ここでは、時間的にやや前後することになるが、「無産村強戸」の農民教育の内実を検討したい[15]。

群馬県新田郡強戸村は県の東部に位置し、足利、桐生、伊勢崎の機業地に接する米作地帯である。強戸村では、一九二五年より約十年間、日本労農党に所属する耕作農民・須永好（一八九四〜一九四六）が率いた強戸農民組合（のち全日農―全農強戸支部）が、村議会、村農会、産業組合など自治諸機関への進出を果たし、村長、助役、収入役、村役場書記、区長（八区）、青年団役員などを独占しながら、「法規の拘束、経済的支配階級の圧迫、監督官庁の抑圧」に屈することなく「無産政党の村政」を実現していった（須永好「無産政党の村政」）。

葉山嘉樹は強戸村農会技術員の菊池光好を通じて「無産強戸村」の情報を比較的早い時期から入手していた。菊池は東洋大学文学科在学中より『文芸戦線』の愛読者・投稿者として葉山とは親密な関係にあり、大学中退後一九二七年四月に農会技術員に採用され、「無産政党の村政」を支える人材となる。菊池は強戸村に赴任した時の印象を「農民は階級意識がつよく、元気がありました」と回想しており、そうした小作農民たちの階級対抗的な社会参画意識は、農民学校、共愛女塾、農村問題研究所など強戸農民組合の地道な教育活動を通じて醸成されたものであった。

これら農民教育機関の中で、まず、農民学校が一九二四年十二月二十一日に開校した。設置者は、強戸村農民組合青年部であり、東武鉄道桐生線治良門橋駅前の民家二階を会場とした。校則第三条に「本校は目的達成のため、農閑期に適当な時間を選び、講習視察研究等をなす」と定められており、農閑期の短期的講習会・研

究会という運営方式は、他の初期日農系の農民学校と共通している。(16)

開設予定講座は、社会学（国内情勢、世界情勢）、文学（農民文学について）、農学（品種改良、土壌肥料、普通作物、畜産など）、政治学（政治学一般）、法規（地租条例、農会法、蚕糸業法、森林法など）、経済学（プロレタリア経済学）、農民運動（農民運動の実践）であった。主として須永好が講師を務め、河野密、田所輝明、浅沼稲次郎、岡部完介、三輪寿壮、杉山元治郎、麻生久、織本侃、角田藤三郎、細野三千雄、木村毅ら日本労農党関係者や農民運動指導者などが来村した際、随時、特別講座が開催されている。

つぎに、二番目の農民教育機関として、共愛女塾が一九二八年一月五日に開校した。共愛女塾は、二十歳未満の女子青年を対象とし、就学期間を農閑期の一月から三月までの三カ月間、修学年限を二年、授業料を一カ月一円と定め、月~土曜日に午前八時三〇分から午後三時まで授業を行った。教科は裁縫、挿花、編物、真綿加工、調理を中心に、修身、数学、作文、読書、国語、公民を配当、時には農民学校の講師陣による特別講義もあった。専任教師として、職業婦人社から大坪春子、真下きぬ子が招かれていた。一九二九年四月九日に第一回卒業式を挙行し、在校生六十一人に送られ七人が卒業している。

農民学校の教育内容と比較すると、共愛女塾の場合、性別分業という時代的制約を受けている。だが、共愛女塾は一九三五年まで比較的長期にわたり組織的・系統的な教育を行い、全国的には、短期的講習会型の農民学校よりも、むしろ共愛女塾のほうがよく知られていた。また、強戸村で官製の女子実業補修学校が開校できなかったのは、共愛女塾に多く農村女子青年が吸収されたからだといわれている。

さらに、三番目の農民教育機関として一九三一年六月十二日に設立されたのが、農村問題研究所である。規約によると、「マルクス主義ノ立場ニ於テ、農村問題ノ調査研究ヲナシ、其ノ結果ヲ発表シ、以テ農村問題解決ニ資」することが目的であった。当面の課題を「(一) 強戸農民組合更正運動の援助、(二) 強戸農民運動史の問題、(三) 農村副業の問題、(四) 農村娯楽の問題等」とし、ほかには、「階級闘争が村に及ぼしたる影響」、

「農村恐慌に依る生産変化の研究」などを研究課題に掲げていた。

農村問題研究所の開所式には、文芸戦線派の評論家・水木棟平も参加し、「文芸戦線社はこの強戸農村問題研究所の設立せられたことについて、一、農民運動がそれだけ基礎を持って来たことを意味し、二、闘争の地、強戸に然も実地闘争家達がその手に依る研究は、先ず類のない事であり、其の結果は必ずや新しいものを産むであろうことを信じ、心からお祝を申上げる」(『須永好日記』)という祝辞を述べた。

また、この年一月には、葉山嘉樹の盟友であった文芸戦線派の作家・里村欣三[17]が強戸村を訪問し、ルポルタージュ「暗澹たる農村を歩く—主として群馬県下の農村に就いて—」(『文戦』一九三一年三月号)をまとめた。里村欣三もまた、「農民組合の事業部で経営されているものに、この他農民学校、共愛女塾の二つがある。直接には青年部が農民学校を経営し、女塾は婦人部の活動によつて指導されてゐる。毎夜何れも八十名の出席率だと謂はれる。他村の青年子女が、青訓や夜学、補習学校等の反動教育の殻に閉されてゐる時、この強戸村の青年子女は幾多の闘争に鍛えられた指導者によつて階級的な教育を施されてゐるのだ」と農民学校や共愛女塾の「階級的な教育」に注目している。

葉山嘉樹が強戸村を訪れたのは、共愛女塾第一回卒業式の直後の一九二九年四月下旬、すなわち農民教育が最も高揚していた時であった。五月十六日に帰京するまで約三週間、強戸村に隣接する新田郡藪塚本町の藪塚鉱泉室田館に療養と執筆を兼ねて逗留し、須永好や菊池光好らと接触しながら、「無産強戸村」についての見聞を深めた。

四月二十四日には須永好と菊池光好が室田館に葉山を訪ね、「呑んで、話して、指して(へぼ将棋——原文)愉快に笑つて過」(『須永好日記』)ごし、葉山は刊行間もない改造文庫版『海に生くる人々』を須永に謹呈した。翌日、葉山は桐生市議選に立候補した無産派候補の政見発表演説会に参加、葉山の「文士らしい演説」に「聴衆千二百人、入場料十銭の有料では珍らしい人出」(同前)があった[18]。

葉山の逗留中、強戸村においても四月二十八日より五月六日まで村議選に突入し、地主側、農民組合側が各六人当選、農民組合側がやや後退したものの、葉山は、『文学時代』一九二九年七月号の「文壇諸家の近況」欄に、「群馬県、新田郡、強戸村の、小作農民が、村会を圧倒的にリードしてゐる。新しい農民小説が強戸から産れる事を期待してゐます。明るひ闘いの村です。(五月)」という一文を寄せている(『葉山嘉樹全集』第六巻)。

以上検討してきたように、葉山嘉樹は、農民学校、共愛女塾など強戸農民組合の地道な教育活動とその成果からヒントを得て、落合久生に「「その地方では、学校以外にい丶方法があるまい」と云ふ意味の葉書」(落合前掲「第一期堺利彦農民労働学校報告」)を送り、堺利彦農民労働学校の開設を示唆したのであった。

むすびにかえて

堺利彦農民労働学校の成果として、一九三二年十月に全国農民組合福岡県連合会(委員長田原春次)が結成された。ところが、翌年二月十七日、救農土木事業に伴う小作地取上に反対した実力行動で全農福岡県連幹部が総検束されるという緊迫した事態を迎えた(井手尾争議)。

葉山嘉樹は、検束を免れた全農福岡県連教育部長・落合久生に三月一日付で書簡を送って激励し、落合久生は、その書簡を「同志よ! 結束はい丶か? 又激励だ!」と題するビラに転載している[19](写真参照)。

…………兄

兄が弾圧の砂塵吹きまくり眼も口もあけられないやうな中を、執拗に勇敢に戦つてゐられる事を感謝します。

現在の日本の情勢は組織された労働者と農民以外は深刻なニヒリズムの絶望の中にお互に足を引つぱり

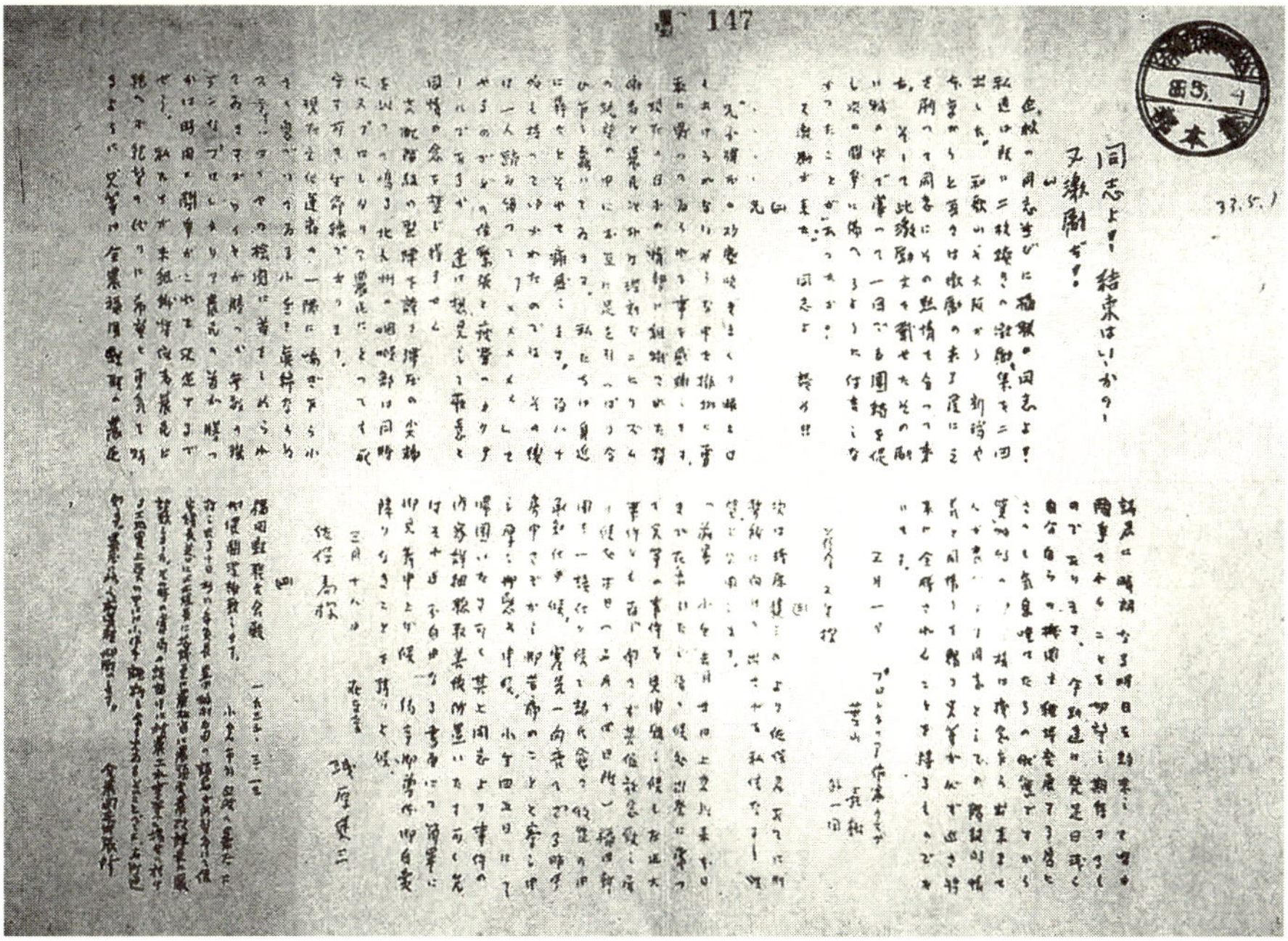
147
同志よ！　結束はいゝか？
又激励だ！
33.3.1

1933年３月１日付の葉山嘉樹書簡を転載した全農福岡県連のビラ。
筆耕者は同県連教育部長落合久生（法政大学大原社会問題研究所蔵）

合ひ乍ら蠢いてゐます。私たちは身近に犇々とそれを痛感します。百八十名も持つてゆかれたのでは、その後に一人踏み留まつて「××××」をやるのがどの位緊張と疲労のカクテールであるか、遙に想見して敬意と同情の念を禁じ得ません。

支配階級の堅陣を誇り弾圧の尖端を以つて鳴る北九州の咽喉部は、同時に又プロレタリア農民にとつても死守す可き生命線であります。

現在文化運動の一隅に喘ぎ乍ら小さく息づいてゐる小生を真綿ならぬスティルワイヤの検閲に首をしめられてゐますが、ワイヤが勝つか無数の強ジンなプロレタリア農民の首が勝つかは時間と闘争がこれを決定するでせう。私たちが未組織労働者農民に絶へず絶望の代りに希望と勇気を賜るやうに、兄等は全農福岡県聯の農民諸君に晴朗なる明日を約束して努力、闘争されんことを切望し、期待するものであります。今私達は発足日浅く、自分自らの機関を維持発展させる為にさへも気息奄々たるの状態ですから、物質的の御援助は残念乍ら出来ませんが、衷心より同志としての階級的情義と同情とを賜り、兄等が必ず近き将来に全勝されんことを祈るものであります。

三月一日

プロレタリア作家クラブ

葉山嘉樹外一同

落合久生様

この書簡には、「ハンテン文学」という文学的抵抗を継続しながらも、「真綿ならぬスティルワイヤの検閲に首をしめられて」いく葉山嘉樹の苦衷が滲み出ている。差出人のプロレタリア作家クラブとは、社会大衆党の文化団体傘下問題をめぐる文芸戦線派最後の分裂により、反対派の葉山嘉樹、里村欣三、前田河広一郎、田口運蔵、岩藤雪夫、中井正晃、広野八郎ら二十名が結成した組織である（本書Ⅲ—1参照）。葉山嘉樹は、プロレタリア作家クラブという「自らの機関を維持発展する為にさへも気息奄々たるの状態」にあり、一九三二年一月創刊の機関誌『労農文学』も、翌年一月までに十一冊を発行した後、資金難により廃刊に追い込まれていった[20]。

そして、ついに葉山嘉樹は東京での作家活動に見切りを付け、一九三四年一月六日、建設業者・熊谷三太郎（飛鳥組工事部長）——名義人・錦竜益太郎——親方・中川百助の帳付として、天竜峡谷の三信鉄道第三期下第三工区（門島—温田間）工事のため長野県下伊那郡泰阜村明島に赴いた。葉山の天竜行は、「再度民衆の側に立脚した作品創造への再構築の決意」の表れであり、「庶民と共に生きることによって自己救済——プロレタリア文学運動の総反省と新たな地点からの再構築」を目指すものであった[21]。葉山は、同年七月上旬、親方・中川との衝突から帳付をやめ、九月二十七日、上伊那郡赤穂村北町中川医院跡へ一家転住し、その後、信州と木曽の各地を転々としていき、二度と東京に戻ることはなかった。

『葉山嘉樹日記』一九三六年三月十二日の条には、「子供の頃、九州で、『いのちいき』と云ふ言葉を使つてゐたのを思ひ出した。暮し、生活、と云ふ風な意味だつた。『命生き』であらうか。直截な、哲学的な言葉である。生命の根源を衝いている」とある。葉山嘉樹は、必死で「いのちき」をする民衆に対し温かい眼差しを注ぎながら後期の作品群を書き、民衆作家として成熟していった。

（『社会文学』第一九号、二〇〇三年九月、改題・改稿）

注

（1）拙稿「堺利彦農民労働学校の周辺（その二）――「ツバメ館」＝常設校舎建設運動」（『初期社会主義研究』第一七号、二〇〇四年十一月）。

（2）堺利彦農民労働学校関係者らが一九五六年に結成した堺利彦顕彰会の歩みについては、本書Ⅲ―7を参照されたい。また、一九七五年結成の美夜古《みやこ》郷土史学校が、郷土史会や郷土史研究会という名称ではなく、郷土史学校としたのは、堺利彦農民労働学校の影響であったという（山内公二氏談話）。

（3）拙稿「独立系水平社・自治正義団と堺利彦農民労働学校――一九二〇～三〇年代福岡県京都郡地方の水平運動」（『佐賀部落解放研究所紀要』第二五号、二〇〇八年三月）。

（4）『村の我等』主宰者の高橋信夫は、鶴田知也の実弟で、『文芸戦線』の後継誌『レフト』、『新文戦』に桐野一郎のペンネームで音楽批評を掲載。その後、東京音楽書院に入社して曲集やピース楽譜の編集に従事し、一九三七年五月、合唱音楽雑誌『メロディー』を創刊して編集主幹となる。本名ならびに宮原敏勝（全国大衆党京築支部時代の友人名、本書Ⅲ―4参照）、大井辰夫、北澤三郎、T・N・グロッスのペンネームで発表された作詞、訳詞、編曲、作曲などの諸作品は約千曲に及ぶといわれる。ドイツ民謡に作詞した「お祭」（『一〇三名歌集』東京音楽書院、一九四〇年）は、一九九〇年代に教育出版社版小学三年生用の音楽教科書に収録された。作品集に津川主一監修、大井辰夫・草野剛編『女性合唱曲集』（音楽之友社、一九五七年）、同『混声合唱曲集』（音楽之友社、一九五七年）がある。関根和江『白薔薇の匂ふ夕は――音楽家高橋信夫の作品集』（福岡県豊津町、二〇〇〇年）参照。

（5）拙稿「中西伊之助と農民自治会」（韓国國際言語文學会『國際言語文學』第六号、二〇〇二同年十二月）。なお、農民自治会福岡県連の主管者であった児倉勝（筆名輝城）所蔵の『新文芸日記 昭和六年版』（新潮社）に葉山嘉樹の未発掘作品「「竜ケ鼻」と「原」――我が郷土を語る」が掲載されていたことを城戸淳一氏が発見し、『葉山嘉樹全集』第五巻（筑摩書房、一九七六年）に収録されるとともに、みやこ町八景山の葉山嘉樹文学碑にその全文が刻まれた。城戸淳一『京築の文学風土』（海鳥社、二〇〇三年）参照。

（6）黒岩比佐子『パンとペン――社会主義者・堺利彦と「売文社」の闘い』（講談社、二〇一〇年）。堺利彦獄中書簡を読む会編『堺利彦獄中書簡を読む』（菁柿堂、二〇一一年）。

（7）拙稿「鶴田知也「コシャマイン記」断章」（『部落解放』第六一六号、二〇〇九年七月）。同「鶴田知也と戦後農業問題――酪農・開拓・共同経営・農民文学」（『社会文学』第三二号、二〇一〇年六月）。

（8）拙稿「部落解放と社会主義――田原春次を中心に」（熊野直樹・星乃治彦編『社会主義の世紀』法律文化社、二〇〇四年）。同「戦時下の田原春次――堺利彦農民労働学校の再編過程を中心に」（『部落解放研究』第一八三号、二〇〇八年十月）。同「田原春次再考――聞き取りと新資料から」（『リベラシオン』第一三八号、二〇一〇年六月）。

（9）拙稿「堺利彦農民労働学校（二）――第一期を中心に」（『部落解放史・ふくおか』第一〇九号、二〇〇三年三月）では、堺利彦農民労働学校とプロレタリア政治学校の講義内容や参加者などに関する比較検討を行った。

（10）落合久生は三・一五事件で九州帝国大学法文学部（聴講生か？）を退学となり、福岡県京都郡豊津村豊津二八〇番地（現みやこ町）に帰郷し、弱冠二十一歳で京都郡における農村社会運動の指導的立場に立った。落合久生と懇意にしていた郷土史家・玉江彦太郎は、追悼文「落合久生さんのこと」（「時事新聞」一九五四年九月十日）で、「豊津中学開校以来の秀才であったとか、四カ国の言葉をあやつり、英語は先生よりも上であったとか、乱暴な先生をこらしめた」など落合の旧制豊津中時代の伝説的な逸話を紹介している。葉山嘉樹の短編に落合久生が飲み水だけで空腹を満たしつつ上京してくる実話をユーモラスに描いた「空腹と胃散」（『新潮』一九三三年八月号、本書Ⅱ―4参照）があり、主人公「越智九州生」は「頭の恐ろしい程冴えた、いい闘士」と描出されている。

（11）佐々木義郎（本名義夫）は、大分県西国東郡大田村（現杵築市）在住の自作農で、『文芸戦線』に小品、短信、評論、随筆などを掲載。その後、農民派の文学運動に転じ、砂丘浪三のペンネームで、第二次『農民』（農民自治会・文芸部）、第四次『農民』（農民自治協会全国連合）、第五次『農民』（農民作家同盟）や、福岡県京都郡稗田村（現行橋市）の定村比呂志が主宰する『蛙文学』（百姓詩人社）などの農民文学同人誌、『詩行動』（詩の仲間社）などのアナキズム詩誌に農民詩を発表している。拙稿「農民詩人・定村比呂志の軌跡」（『種蒔く人』『文芸戦線』を読む会編『『文芸戦線』とプロレタリア文学』龍書房、二〇〇八年）、同「太田の農民詩人・佐々木義夫――『文芸戦線』・『農民』を中心に」（『郷土史杵築』第一三〇号、二〇〇九年三月）。

(12) 長野兼一郎（本名相良万吉）も京都郡出身在京知識人の一人である。本籍地は大分県下毛郡真坂村（現中津市）だが、幼少年期を福岡県京都郡節丸村（現みやこ町）で過ごし、竹細工で生計を維持した父親と極貧の生活を送った。旧制小倉中から一高文科乙類を中退。中外商業新報外報部記者から『文芸戦線』同人となり、同誌に多数の外国文学の翻訳を掲載。翻訳書にボリス・ラヴレニエフ『四十一人目』（南蛮書房、一九二九年）、アプトン・シンクレア『ボストン』（全二巻、改造社、一九二九・三〇年、前田河広一郎との共訳）、エミール・ド・ラブレー『原始財産』（改造文庫、一九三一年）などがある。長野兼一郎については、城戸淳一『京築文学抄』（美夜古郷土史学校、一九八四年）、石川桂郎『風狂列伝』（角川選書、一九七四年）、大﨑哲人「『俳句乞食』長野兼一郎小伝」（『新日本文学』第六五一号、二〇〇四年九月）を参照。

(13) 「農民学校の夕」参加者だった広野八郎の以下の回想は貴重である。「『葉山回想』こぼればなし（五）」（『九州人』第一四一号、一九七九年十月）、「回想『堺利彦農民労働学校の夕』――没後六十周年を迎えて」（「読売新聞」〔西部本社版〕一九九三年十月一日夕刊）、「『堺利彦農民労働学校の夕』のこと」（『西日本文化』第二九七号、一九九三年十二月）。この他、「農民学校の夕」参加者の回想として、永井叔『大空詩人　自叙伝・青年篇』（同成社、一九七〇年）がある。

(14) この点については、浅田隆『葉山嘉樹――文学的抵抗の軌跡』（翰林書房、一九九五年）、同「葉山嘉樹の魅力Ⅱ」（『植民地文化研究』第五号、二〇〇六年七月、本書Ⅱ－3に再録）、「鈴木章吾「三好十郎論――三好十郎と葉山嘉樹（その二）」（『三好十郎研究』第二号、二〇〇八年二月）を参照。

(15) 群馬県新田郡強戸村の農民教育については、以下を参照。須永好「無産政党の村政」（『改造』一九二九年七月号）、菊池光好「須永好」（相葉伸編『近世群馬の人々（1）』みやま文庫、一九六三年）、須永好日記刊行委員会編『須永好日記』（光風社書店、一九六八年）、菊池光好「回想の須永好と無産村『強戸』」（渡邊正男編『小作争議の時代――農民運動者20人との対談』みくに書房、

一九八二年)、藤田秀雄「群馬県強戸村農民運動と農民教育」(『立正大学人文科学研究所年報』第四号、一九八三年三月)、須永徹『未完の昭和史——須永好の生涯と現在』(日本評論社、一九八六年)、島袋善弘『現代資本主義形成期の農村社会運動』(西田書店、一九九六年)。
(16) 一九二〇年代農民運動における教育活動については、千野陽一「戦前日本の農民運動と教育活動——日本農民組合を中心に」(『東京農工大学一般教育部紀要』第二七、二八号、一九九〇年三月、一九九一年三月)、横関至『近代農民運動と政党政治——農民運動先進地香川県の分析』(御茶の水書房、一九九九年)を参照。
(17) 近年、大家眞悟『里村欣三の旗——プロレタリア作家はなぜ戦場で死んだのか』(論創社、二〇一一年)という本格的評伝が刊行された(本書Ⅲ—8参照)。
(18) 藤田前掲「群馬県強戸村農民運動と農民教育」に「作家では、金子洋文、前田河広一郎、葉山嘉樹などが、この村を訪れている。とくに葉山嘉樹は、しばしば強戸村に来たという」、須永前掲『未完の昭和史』に「強戸村には文化人がよく来た。文芸関係では『海に生くる人々』で名をあげた葉山嘉樹が、西長岡の長生館にこもって『誰が殺したか』を書いている。そのとき、菅塩の青年処女会の雄弁会で講演してもらった。須永組合長と将棋を指しながら、好から『おまえさんたちの小説は規模が小さいよ。ぼくが作家なら『村』というようなおおきなやつを書くよ』といわれ、葉山がすっかりまいったことがあるそうだ」とある。これらは、菊池光好ら強戸農民組合関係者からの聞き取りに基づく記述だが、葉山嘉樹が藪塚鉱泉室田館で未完の長編小説『誰が殺したか?』の一部を執筆した点については、他の資料で確認することができない。
(19)『福岡県史 近代史料編 農民運動㈢』(福岡県、二〇〇〇年)所収。
(20) 大﨑哲人「『文芸戦線』系の空白期——『労農文学』の登場」(『社会文学』第一四号、二〇〇〇年六月)。
(21) 鈴木章吾『葉山嘉樹論——戦時下の作品と抵抗』(菁柿堂、二〇〇五年)。

「満洲開拓」時代の葉山嘉樹。1943年
（『葉山嘉樹と中津川』より）

7

「満洲開拓」と葉山嘉樹

アイデンティティー喪失と回復への旅立ち

鈴《すず》木《き》章《しょう》吾《ご》
日本近代文学研究者
三人の会

周知のように葉山嘉樹は一九四三年の三月末と四五年、敗戦色の濃い六月の二回、「満洲開拓」の事業に関わり四五年十月十八日敗戦の引上げ途中、車中で病気のために亡くなっている。享年五十二歳であった。国策であった「満洲開拓」事業を「五族共和」と「王道楽土」実現への道と心から信じて現・中国東北部黒龍江省徳都県双泉鎮（以前は双龍泉、写真参照）の第十次木曾郷開拓団へ行った結果である。どのようにしてこのような無惨な結果になってしまったのかについては拙著『葉山嘉樹論―戦時下の作品と抵抗―』[1]において考察したのであるが、今回は葉山嘉樹の内面的な変遷を、彼が残した「随筆」を手掛かりに辿ってみたいと思う。

その前に少し遠回りにはなるが、葉山嘉樹の文学と彼のそれまでの作家としての生き方を見ておきたい。

葉山嘉樹という作家は、本質的には「体験型」の作家と言えるだろう。もちろんこうしたパターン化は便宜上の分類にすぎないのではあるが、彼の作品の多くは自分が経験してきた様々な労働を通じて、あるいは現在進行形の形で発表された。特にそれまで余り陽の目を見ることのなかった土木建設事業に携わる下積みの労働者たちや海上労働者たちの過酷な労働実態を見事に作品化したことは高く評価されてよい。それと同時に、こうした民衆像の鮮やかな形象化が当時及び以降のプロレタリア文学の大きな推進力となった点も見逃せない葉山嘉樹の功績の一つと言える点である。換言するならば、自分が直接に経験したことを形象化することによってその表現は、具体的であり従ってリアリティ

黒龍江省徳都県双泉鎮の近影（撮影：浅田隆）

ーに富んだ直接的な表現を獲得していると言える。そして内容的には、厳しく過酷な労働を通じながらも、そこで働く者たちがどのような人間形成と感情を獲得していくのか、ということも葉山嘉樹は描き出すことに成功している。別の表現をするならば、それは「アイデンティティー」の確立の過程とも言うことができるだろう。「働くこと」、即ち労働の重要な側面のひとつには、労働の対価としての賃金を得るということだけではなく、そこに働く者の「自己実現」達成への努力があり、結果としての充実感や満足感と共に、人間的な労働に対する「誇り」という重要な側面があることを葉山嘉樹の作品は示している。

よく引き合いに出されるが「セメント樽の中の手紙」という代表作に登場するセメント袋を縫う女工はその典型的な存在と言える。恋人を無惨な形で失いながらもなお、凛とした姿を示す生き方には感動的な働く者の矜持と自尊心がある。また、長編「海に生くる人々」には作者の分身と思われる「波田」という三等セーラー（波田の仕事は便所掃除係りである）の次のような表現は出色ものと言ってよい。

と、忽ちにして、甚しい臭氣が、發煙硝酸の蓋でも開けたやうに、水蒸氣と共に立ち昇る。そして此水蒸氣が發煙硝酸と同じく、その煙までも黄色であるやうに感じられる。そして、此濛々たる蒸氣と臭氣とに伍して、ドーッと音がすれば、それは、汚物が流れ出した證據である。（中略）波田はスカッパーから、太平洋の波濤を目がけて、飛び散つて行く、汚物の瀧を眺めては、誠に、これは便所掃除人以外に誰も、味へない痛快事であると思ふのであつた。（二十四章）

これは、実際に経験したものでなければ表現できない世界であり、まさに実感そのものの表現である。嗅覚が視覚がそして聴覚が発動し、全体的には冬場の凍てつくデッキでの膚をも突き刺す寒さまで伝わってくるようだ。こうした表現力の巧みさは、実体験に基づいたものであり葉山嘉樹の独壇場と言ってよいだろう。

しかし、こうした「体験型」作家には容易に想像のつく「弱点」がある。それは作品の種とも言うべき「体験」の不在、もしくは枯渇である。葉山嘉樹にも紛れもなくこの現実が襲ってきた。無論、作家の個人的な限界という側面も見逃し難いものの、その一方では、一九三三年、小林多喜二の権力による虐殺事件に象徴されるように、プロレタリア文学運動全体に対する苛烈な弾圧が強行され、思想統制が次第に強化されるという現実があったことも忘れてはならない。従って、殊にプロレタリア文学にとっては次第に発表の場が狭められ、作家にとっては死活問題となったのである。

葉山嘉樹が東京の生活を捨てて、妻の実家がある長野県に移り住んだのが一九三四年の一月であった。[2] 一月六日、長野県下伊那郡泰阜村明島へ赴き、三信鉄道工事のため飛鳥組錦龍配下中川班の帳付けとなったのである。しかし、この年の七月には給料の遅配によるトラブルが原因で班長の中川百助と衝突、現場から身を引くこととなった経過がある。しかし、この現場に再起を期して飛び込んだ葉山嘉樹は、実に意欲的な姿勢を示していたのである。「信濃に来り住みて」という随筆には次のような抱負が示されていた。[3]

こちらへ来てからは、小説の材料に埋まりながら、文字通り寸暇が無くて、寝る時以外体が暇になつたことが無かつた。それ程忙しくても、今は、土方が金にならない事を知つた。交通不便の地に、文化の開拓者として、働いてゐる労働者たちは、ひどく粗末な条件で生活してゐる。多くの生命が失はれる。そして、資本家は人の褌で角力を取つてゐる。私は新たな憤激を、再び体得せざるを得なかった。

それを書かうとして、今、私はゐる。

そして上伊那郡赤穂村に移住してしばらく執筆活動に専念し、翌三五年には『今日様』を出版した[4]。続いて、八月二十七日から二十九日に「東京朝日新聞」に発表した「原始に近く」（随筆）では次のように自己の中に鬱積した思いを綴っていたのである。

思ひ切り怒鳴つて見たい。自分の心の底に鬱積してゐる、社会悪に対して、思ひ切り怒鳴るやうに、書いて見たい、が、それが出来ないので、私は人間嫌ひになる。山で他愛も無く怒鳴るのである。

葉山嘉樹生来の正義感から、書かなければならないことがありながら、それをストレートに表現し得ない現実の圧迫と圧力があり、それに抗おうとしても成し得ないことへの苛立ちと無力感が葉山嘉樹を締め付けていた。その一方で、葉山嘉樹は初めての農村生活の中で、都市生活とは異なる新たな現実にも直面していたのである。それは当時の農村の実態であった。同年八月一日発行『社会評論』第一巻第六号に発表した随筆「山間の峡流地帯」で次のように述べている。

農村にゐて、地方新聞を見、周囲に農民の喘ぎを聞いてゐると、資本主義制度と云ふものが、どんなに深刻に人間性を叩き壊しつつあるかが、硝子の破片を踏んづけた程、痛く判る。

農村では、東京などと違つて額縁が小さいから、焦点がぴつたりしてゐて、実にハッキリ分る。分り過ぎるのだ。

村当局と村民。これ程深い関係があらうか。然も、それが支配者と被支配者の様相を呈してゐる。その上、村民は村の行政その他については全く無智だ。
知らしむべからず、依らしむべし、は、農村の土壌の中に深く沁み込んでゐる。鈴蘭の香り高いこの土壌の中に！

古い因習と複雑な人間関係のしがらみに加えて、まさに葉山嘉樹が指摘するような封建的な支配関係が存在した当時の農村。この身動きのつかない社会構造は、葉山嘉樹にとっては得体の知れない怪物のように映ったことは想像に難くない。それまで、都市生活の中で、階級的なイデオロギーによって、社会を構造的な視点から思考し、階級闘争の過程の中から労働者の解放を運動の基底に据えて闘って来たものにとって、農村社会の不透明さの前では躓かざるをえない危険性さえある。葉山嘉樹はここでまだ、「村当局」への批判的なまなざしに止まっているが、その本質にまで目が届いていない。つまり、「村当局」を背後から支えている地主対小作の主従関係や本家対分家の利害関係などである。しかし、移住して初めての農村生活の中で短期間にそのすべてを把握することなど到底不可能な程、当時の農村は一般的にこうした複雑な構造を有していたのであった。

一九三六年二月二十六日に起こった二・二六事件の影響からか、葉山嘉樹はこの年と翌三七年には目立った作品を発表していない。一九三八年には生活の打開を図るべく妻方の実家から田圃を借りて稲作りを始めた。その時、次のような創作意欲を語っていた葉山嘉樹であった。(5)

今までは工事場にゐて、出稼ぎに来る農民の生活を私は見て来た。（略）が、今度は見るのではなしに、私自身、畑や水田を作ることになつた。肥料を担ひ、モヤを背負ひ苗代の畦塗りをやつた。
これから先輩の農民作家のキビに附して、出来たら農民の生活を描いて見たいと思つてゐる。

ここにも、明確に葉山が語っているように、彼の創作モチーフが、己の実体験を通じて、己の両手に摑みきれる世界からのものであることは明白である。それはともかく、この時、葉山嘉樹が稲作に着手していたことに注目したいと思う。

では、その田圃はどのようなものであったか。一九三八年の八月『改造』に発表した「百姓の手記―鶏糞の熱度―」から要約したい。義父から借りた田は三カ所、計十八枚の約二反八畝。ところが、葉山によれば、「私たちの借りた田圃は、他の小作人が借りない田圃だつた。そんなところを借りたつて、第一、田圃は石ころだらけで、土の深さは五寸あれば深いところで、二寸もないところがあつた。(略)第二に、そんな田圃だから稲を植ゑてると爪が減つて終つた。その次には爪と指の肉とが離れて、とても痛かつた。(略)第三には、植ゑつけてしまつてからが、又、一騒動だつた。朝晩水を見廻るのに、この登山道を上下しなければならないのだつた。距離にしたら三四丁位なもので、とるにも足りなかつたが、高さだけで、それだけあるので、息が切れるのだつた」と、このように記している。このような悪条件だらけでは、小作人さえ借りようとしないのには十分納得がいく。加えて、それぞれの田の状況を葉山は、次のように説明している。

私たちの農場は――洒落て云へば――急傾斜の段階状をなしてゐた。一方には三間乃至五間位の高さの石崖があり、一方には上の田圃の崖があつた。田圃の幅は一間半か二間で長さは二十間も三十間もあつた。丁稚の締める博多の帯見たいな田圃であつた。

今でも米作作りの困難さが指摘されるのに、このような地勢的、地理的な悪条件下で一体どれ程の成果が上げられるかは目に見えていると言わなければならないだろう。結局、この年の米の収穫量は二反八畝の田圃から、わずか五、六俵に終わった。因みに、私の居住区の現在の平均的な収穫量は、一反当たり平野部で十俵、山間地でも七、八俵であるから、当時にあってもいかに少ない収穫量であったかが分かる。葉山嘉樹はこの年限りで稲作りをやめてしまった。

働くことを通して、そこから創作のエネルギーを掴もうとした葉山嘉樹ではあったが、ついに「農民」たり得なかった痛ましい姿がそこにあった。当時の農村にあって、農業に従事しない、あるいは農業に関連する仕事につかない「村民」は皆無に近かった。この年の三年後、即ち一九四一年には、次のように記していることからも分かる。(6)

私が挨拶しても、返事を返さない村の人たちもあつた。私はぶん殴られたよりも苦しかつた。それはただ単純に私が頭を下げて、祈るやうな心でと思つたとて、それがすぐさま通じやうとは、私も考へないところだつたのだ。それがどのやうに苦しい道であらうとも、私はたゞ、村の人々への寄食を求める以外に術はなかつた。朝起きて、よる寝るまで、絶えず村人の勤労を見て、それへの感謝と寄食の許しを求め続けるのは、正直な話私にもひどくこたへた。(略)区二十二軒の区内の内で鍬を持たないのは私一人であつた。(略)

さて、話を元に戻せば、実は、田圃に失敗したことによって米作りを止めたことは前述の通りなのだが、それは、いわば結果論に過ぎない。葉山嘉樹が農村に移住して以来、彼の胸の中に澱んだものが次第に蓄積していったのである。この胸のわだかまりが原因で葉山嘉樹は農村、あるいは農民を作品化することに対して徐々に弱気へ転じていくことになったと考えられるのである。例えば、それは次の随筆に見ることができる。(7)

(略)農村にゐると農村を鳥瞰することは困難である。(略)私は今、農村に住んでゐるものだから農村について何か書け、と云はれる。が、農村に住んだだけで、農村のことが判るものではない。（略）どうかすると「農民作家」と云ふ肩書きをつけられることがあるが、尻がむずむずして、穴に入りたいやうだ。（略）当分、私は「見習い農民作家」と云ふことにして貰はないと、肩が擬つちまつて、書くものが益々嘘になるといけぬ。

この随筆から約一カ月後、『大陸』二巻八号に発表した随筆「山村に生きる人々」には次の文書を見ることができる。

農村に住んで、田圃や畑の一枚も作り始めたからには、農村と云ふものを研究しなければいけない、と思つて、私は雑誌や新聞の農村記事に注目し始めた。

一年ばかり研究し始めて、私は、びつくりした。「農村と云ふものは、一年や十年研究して見たところで、尻尾の捕まるやうな、単純な代物ではない」と云ふことが分つたからだつた。（略）

そこで私は農村と云ふものを、全体的に理解しようと云ふ野心は、あつさり投げ出した。一農民として、一つの部落丈けでも見詰めよう、と考へ直したのだつた。

「現場主義」に徹する葉山嘉樹であったが、その「現場」の実態が見えてこないのである。いや、見えてこないのではなく、ますます見えなくなってくるのである。その焦りともどかしさの中に今、葉山嘉樹はいる。そして……、ついに次のような結論に至るのである。

私は農村に住つてゐるだけで、農民文学などはなかなか書けないだらう、と思つてゐる。農民の野良着を撫でることは出来ても、その単純な、そのくせ奥行きの深い、豊な心と云ふものは私のやうな性急な人間には、理解の届かない深いもののやうな気がする。（略）農民は、文士を文士として批判しない。人間として、素つ裸に剝いてしまつて批評する。これに対抗する、と云つては可笑しいが、詰り隣人としてつき合ふ為には、文士では通用しない。「大馬鹿者の剝身やあい」ではないが、先づ欠点を先に露呈してからでないと、円滑なつき合いは始まらない。(8)

このように葉山嘉樹の内面では農村社会の実態の捕らえにくさと共に、その把握の困難さが拡大していったのである。つまり、「山村に生きる人々」では、当然のことながら一般論としての「農村」などは存在しないこと、それ程「単純な代物」ではあり得ないこと、言い換えれば「複雑怪奇なるもの」は目の前の「農村社会」であることを葉山嘉樹は認識せざるを得なかった、と言える。その一方で、「半村民」では、「農民の野良着を撫でることは出来ても、その単純な、そのくせ奥行きの深い、豊かな心と云ふものは」、「私の理解の届かない深いもののやうな気がする」として、理解の不可能性を吐露している。ただ、ここでは「豊かな心」という微妙な表現をしているものの、それが農民を肯定的に捉えているというよりも、文脈から理解する限り、かなり毒気を含んだ意味が読み取れるのである。

いずれにしても、自己を取り巻く環境つまり、農村と農民に対して葉山嘉樹はしだいに疑惑や不安を抱くようになっていく。その一方で、そのことは同時に葉山嘉樹自身の内省と自己への不安として拡大していくこととなった。つまり、農村に居住しながら、農民ではない「私」。作家でありながら、作家になり得ない「私」。一体、「私」とは何者なのか？　というアイデンティティー（自己同一性）への疑問であった。

その意味で既述したように一九四一年二月一日、『改造』に発表した「子を護る」という短篇は、彼の内面の変化を知る上で重要な作品と言える。

「子を護る」の中で「私」は次のように内省する。

炭焼小屋を訪ねたり、出征兵士を送つたりするやうな、あらゆる機会に、私が一体本来何であるか、と云ふことを考へるのだつた。どのやうな人間も任務を持たなければならない時なのに、私の任務は何と云ふ情ない任務だつただらう。いやそれが成し遂げられて、人々に読まれ、人の荒み行く心を和ませ、絶望に沈まうとするものを奮ひ立たせるならば、大きな仕事でもあらう。だが、それが出来るであらうか。それが出来るためには私自身の身も魂も変らねばいけない事なのだつた。

さらに「私」の内省は、「作家」たらんとする自己を次のように突き刺す。

魂を入れかへると云ふことは、作家にとつては縄で縛つた柵を飛び越すやうに、簡単には行かないことなのだ。（略）

地軸がうなるやうな響が、底から響いて来ないことには似せものなんだ。作家が似せ者だつたら一体どう云ふことになるんだ。何にも信頼すべきものが無くなつちまふぢやないか。「俺が俺を信頼しない」そんな状態で一人の作家がゐられるだらうか。ところが、その俺は俺を信頼出来ないのだ。

ここに至って葉山嘉樹は、崖っぷちに立った、いや立たされたと言うべきであろうか。「私が一体本来何であるか」という自己同一性＝アイデンティティーへの深くて重い疑念。それからの唯一脱却、克服の手掛かりは、作家たらんとする強烈で意識的な生き方しか残されていない。だが、それを実行するためには、「魂を入れかへること」、つまり「時局」への迎合という「踏み絵」を踏まなければならないのであった。その「踏み絵」を前にして、「踏んだ自分」を想定してみると、「その俺は」「踏まない俺」(今の自分)ではないという自己矛盾。そのギリギリの葛藤と苦悩の中に立ちすくんでいたのが、当時の葉山嘉樹の実像ではなかったのだろうか。

このようにして「私」を襲った自己存在に対する疑念と不安そして自己不信の表明は重要な問題を含んでいたと考えられる。「働くこと」を通して「書くこと」を生涯にわたって追求していた葉山嘉樹という一人の作家の生き方である。

厳しい思想統制と弾圧の強化、加えて四分五裂するプロレタリア文学運動の危機、こうした状況を嫌い、信州の工事現場に作家として再起を賭して原点にもどった葉山嘉樹ではあった。しかし以上見てきたように農村社会にその身を投じることによって、その足元をすくわれ、自己存在が揺さぶられ、そこにヒビが入ってしまったのである。そこには当時の農業及び農村社会に対する葉山嘉樹の見誤りが作用していたと考えられる。

当時の農村社会は言うまでもなく、地主と小作という主従関係が支配しており、単純にその関係を資本家と労働者という近代産業社会構造へと置換はできないのである。つまり、戦前の農民とは、近代産業社会のモノサシでは計ることのできない人々であった。おおまかにその相違を考えるならば、まず時間の管理の相違が挙げられる。次に労働対価としての賃金の相違が挙げられよう。この二つの本質的な相違によって、当然働くものの意識の相違が浮上してこよう。単純化して言うならば、農民には都市におけるような労働者意識が希薄にならざるを得ないのである。加えて、戦前の農村においては古くからの因習としきたりが支配的でさえあった。

中国・人民文学出版社より1986年に刊行された『葉山嘉樹・黒島伝治小説選』

既述したように、「山村に生きる人々」において葉山嘉樹は次のように述懐していた。

「農村と云ふものは、一年や十年研究して見たところで、尻尾の捕まるやうな、単純な代物ではない」と云ふことが分つたからだつた。

葉山嘉樹は「働くこと」を失った今、同時に「書くこと」をも失ってしまった。そしてさらに重要なことは、「書くこと」を失ったことに止まらず、葉山嘉樹は大きな過誤を含みながら国策である植民地支配政策としての「満洲開拓」へと一直線に進み、結果として「戦争すること」に関わっていくことになった。

しかしながら、ここに葉山嘉樹の無骨ではあるものの、自己に正直に生きようとした、そして民衆と共に生きようとした「庶民」としての作家の実像がある。葉山嘉樹の「満洲開拓」への旅立ちは、こうして彼の「私探し」つまり、アイデンティティー確立への模索でもあったと言えるのである。

【付記】
本論は二〇〇六年度社会文学会春季大会において口頭発表したものに加筆訂正したものである。当日、多くのご教示を賜ったことに感謝いたします。

（『社会文学』第二五号、二〇〇七年二月）

注

（1）二〇〇五年八月十五日、菁柿堂より刊行。
（2）この時は単身で現場に向かったが、翌月二月十日には家族と共に住む。
（3）初出『博浪抄』四月一日発行。『全集第五巻』収録。
（4）初出『改造』十月一日発行。『全集第三巻』収録。
（5）初出「駆け出し農夫」、五月十一・十二日発行の「東京朝日新聞」に発表。『全集第五巻』収録。
（6）初出『改造』二月一日発行。『全集第四巻』収録。
（7）初出「織物」七月四・五日発行の「国民新聞」に発表。『全集第六巻』収録。
（8）初出「半村民」一九四〇年六月十四～十六日発行の「都新聞」に発表。『全集第六巻』収録。

Ⅲ

葉山嘉樹・回想とエッセイ

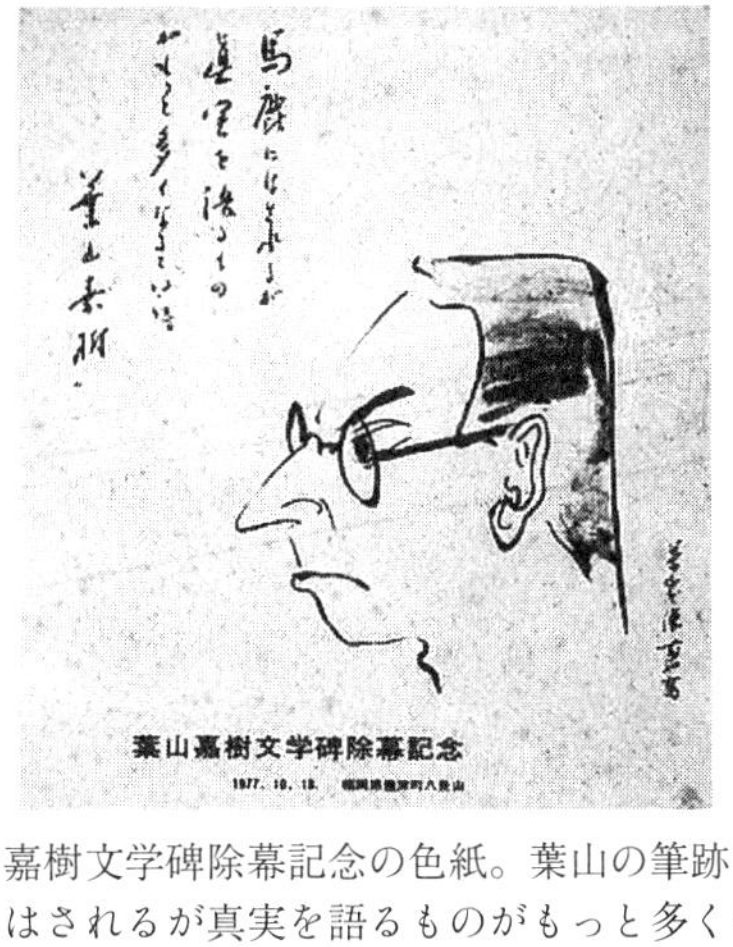

葉山嘉樹文学碑除幕記念の色紙。葉山の筆跡「馬鹿にはされるが真実を語るものがもっと多くなるといい」と鶴田知也画「若き日の葉山嘉樹」

＊本章は、葉山嘉樹と同時代を生きた人々の回想や、作家、評論家、ジャーナリストなどのエッセイを収録した。国内外での葉山嘉樹再評価の試みに光を当てる。

福岡県みやこ町八景山の葉山嘉樹文学碑除幕式で挨拶する筆者。1977年10月

1

葉山嘉樹さん

鶴《つる》田《た》知《とも》也《や》
第三回芥川賞作家（故人）

国木田独歩に「忘れえぬ人々」という作品がある。「忘れてかなうまじき人」というのでなく「本来をいうと忘れてしまったところで人情も義理も欠かないで、しかも忘れることのできない人がいる」――そんな人々のことを書いている。私の場合も「忘れがたき人々」は、そんな人たちのように思うが、もちろん「忘れてかなうまじき人」も幾人かはいる。その人を選ぶとすれば、まず葉山嘉樹さんである。

私にとって葉山さんは、福岡県京都郡豊津村（現みやこ町）の旧制豊津中学（現育徳館高等学校）の先輩であり、何よりも文学上の先輩である。恩師というべきかも知れないが、それ以上に、私の人間形成上特別の影響を与えられた人といった方がたしかである。

豊津村に生まれた葉山さんは、『海に生くる人々』などで知られ、小林多喜二、徳永直らと共に、戦前のプロレタリア文学を代表する作家だったが、私より十歳ほど年上だった。実をいうと葉山さんは前々から私の父の友人だった。父はこれまた葉山さんより十ばかり年かさだったが、若いころからクリスチャンであり、人並み以上の読書家だったから、当時、トルストイアンだった葉山さんにはまたとない話し相手だったのである。

葉山さんは、父と議論しながら、よく笑った。その笑い声たるや、独特の大笑いで、誰をも魅了せずにはおかないものだった。私の一家は、家中に響き渡るその気持ちのいい笑い声を聞いて、浮き浮きしたものである。

鶴田知也の実父高橋乕太郎（右）と葉山嘉樹（中央）。1917年頃

ずっと後に、私は葉山さんを下書きにした「わが悪霊」（『日本文学』創刊号、一九三八年五月）という短い小説を書いた。まぶしいばかりの容姿と才能をもった先輩が、突然村に帰ってきて、田舎育ちの少年をとりこにする話だが、葉山さんは私にはそんな人だったのである。

私は豊津中学を出て、東京で知り合いになった友人に誘われて北海道に渡った。その間も葉山さんとは通信を続けていたが、北海道を引き揚げるとすぐに、当時名古屋で新聞社に勤めていた葉山さんのところに身を寄せた。そして葉山さんたちが進めていた社会主義運動に加わって、労働組合運動の下働きなどをした。

私がキリスト教社会主義から科学的社会主義に移ったのも葉山さんの影響によったところが多かったのはいうまでもない。

大正十二年だったかと思う。葉山さんは、私を運動資金調達の口実をもうけて郷里へ帰した。「第一次共産党事件」は、その留守の間で起こった。葉山さんは名古屋の党員として検挙された（後に葉山さんからその経緯を聞いたが、私は葉山さんの配慮で難をまぬがれたのであった）。まもなく葉山さんは、獄中で書いた作品「淫売婦」と、それに続く作品で文学的地位を確実なものとした。

私は葉山さんの勧めで上京した。当時社会主義文学の唯一のとりでだった労農芸術家連盟（機関誌『文芸戦線』）に加盟するため審査委員会に小説を提出したのも、所定の推薦者のあっせんをしてくれたのも、すべて葉山さんのはからいだった。私の第一作はたいしたものではなかったのに易々と審査会を通過したばかりか、なかなかの好評だった。

その後、日本は軍部独裁の末、世にも愚かな戦争を始め、亡国となったことは御承知の通りである。その間にあって、社会主義文学運動は弾圧されるとともに、守るべき陣営を自ら弱体化する分裂を繰り返した。

鶴田知也の短篇集『わが悪霊』初版（1939年7月，六芸社）。葉山嘉樹をモデルとした表題作「わが悪霊」を収録

おかしなことに、私は葉山さんと袂を分かつということもあった。葉山さんを取り巻く連中のつまらぬたくらみだったらしい。昭和の初めごろだったと思う。私は未知の人から手紙をもらった。その人は、行橋市出身で、一時豊津中学にも籍を置き、後に社会党の代議士になった田原春次君だった。用向きは、そのころの社会党（社会大衆党か？）の文化運動に力を貸してもらいたいというものであった。要するに選挙応援の要請だった。

会場は東京・四ツ谷の飲み屋の二階だったが、場所がわからず遅れながらも、葉山さんがさっそうと現れた。会議はすぐに終わったので早速「いったいどうして僕ら二人は分裂しているのですか？」とたずねると、葉山さんは「どうしてか僕にもわからん」と答えた。「どうです。一緒に活動しませんか」と言うと、葉山さんは「そうするか」とさも愉快そうに昔ながらのあの高笑いをしたものである。

こうして私たちは仲直りしたわけだが、戦争はいよいよ激しくなって私は秋田に疎開し、葉山さんは木曽に去った。そして村の移民団とともに旧名満州に渡ったもののいくばくもなく敗戦となり、葉山さんは引揚げ途中の無蓋貨車の上で亡くなった。ミゼラブルなその状況を付き添っていた娘さんから聞いた。

（「朝日新聞」〔西部本社版〕一九八四年二月一八日夕刊）

鶴田知也　一九〇二年北九州市生まれ。一九八八年没。旧制豊津中から東京神学社神学校へ進学・中退後、葉山嘉樹の誘いで『文芸戦線』同人となり、「コシャマイン記」により第三回芥川賞（一九三六年上期）を受賞。『鶴田知也作品集』（新時代社）、『鶴田知也作品選』（鶴田知也顕彰事業推進委員会）、『コシャマイン記・ベロニカ物語――鶴田知也作品集』（講談社文芸文庫）など。一九九二年九月、生誕九十年を記念して福岡県みやこ町八景山に文学碑が建立された（本書Ⅲ－7参照）。

2

八景山　葉山嘉樹

故郷思い異国の土に

広《ひろ》野《の》八《はち》郎《ろう》
作家（故人）

八景山の護国神社の森を背にして、葉山嘉樹の文学碑は建っていた。高さ一・五メートル、幅二・五メートル。そこは、葉山の郷土・福岡県京都郡豊津町（現みやこ町）を一望のもとに俯瞰できる高台であった。碑の上部の葉山のレリーフは、徐々に宅地化していくふるさとを、おだやかなまなざしで見つめていた。

碑の前には野バラが自然に生え、両側にはセメントだるの形に刻んだ石が建てられてあった。周囲の山ツツジの群生の中から二、三株、濃緑の画面に朱のインクをもたらしたように、遅咲きの花が彩りをそえていた。

向かって右側の碑面には

馬鹿にはされるが
真実を語るものが
もっと多くなるといい

葉山の流麗な筆跡が躍っていた。左側の「我が郷土を語る」の一部を、ゴチック体で彫られた文書もなつかしい。

——私は幼少の時代を甲塚と呼ぶ字で育った。そこには畑の中に凸字形の古墳が沢山あった。秋になる

上：葉山嘉樹文学碑建立祝賀会。左より鶴田知也，葉山菊枝，筆者，財部百枝。1977年10月（福岡県行橋市・梅の家）
下：『文芸戦線』に結集したプロレタリア作家たち。後列左から５人目葉山嘉樹，前列左から二人目筆者。1931年末か32年初め

と櫨の木が黄葉して甲塚を飾る。（中略）幼少時代の私はそこから今川の流れやそこに沿って田川地方の炭坑地に走っている鉄道、すぐ足元の空と同じ色を映した池、それから五六里の平野を見はるかして、不思議に幻想的な形に横たわる竜ヶ鼻の山容などを、小半日ぼんやり見とれていることが多かった。

除幕式は一九七七（昭和五十二）年十月十八日。葉山が旧満州・徳恵駅で引き揚げ列車の中で息を引きとってから、三十三回忌の命日であった。ことし（一九八三年）六月上旬に私が訪れた日、「足元の空と同じ色を映し」と彼が書いた池は、やはり、満々とあふれるばかりの水をたたえて「空の色」を映していた。

私は水筒に入れてさげてきた日本酒を碑面にそそぎ、異国に眠る葉山の冥福を祈った。除幕式の時も酒だるのかがみを打ち抜いて、参列者はひしゃくで碑にふりかけたものだった。葉山は寝酒がないと寝つかれない程の酒好きだった。社会運動に身を投じ、刑務所を出入りする間に、妻に逃げられ、二児を死なせるという境遇は、酒の酔いに苦悩の逃避を求める癖がつき、ついに酒は葉山の「いのち」となっていた。はじめて葉山と会った時の彼の言葉を私は忘れない。

「酒を飲み給い。君酒を飲まないと自殺するよ。僕は酒によって救われたんだ」

かつて「淫売婦」、「セメント樽の中の手紙」、長編「海に生

くる人々」などで、プロレタリア文学の旗手となった葉山。その後、私も行動をともにした天竜峡谷の鉄道工事場行き。現場の帳付として働いた九カ月。そこで得た彼の体験は、「山谿に生くる人々」、「水路」、「濁流」、「裸の命」などの優れた作品を生んだのであった。

郷土との交流が少なかったせいか、九州出身の作家を論ずる人にも、葉山嘉樹の名をあげる人は少ない。この文学碑にしても、地元に「葉山嘉樹文学碑建設委員会」（委員長古賀勇一）が結成され、建碑されたのは、木曾川の落合ダムを見下ろす公園に、葉山嘉樹文学碑が建設されてから二十年後のことであった。

除幕式に参列した百枝さん（開拓団員として葉山について旧満州に渡った長女）から次のような手紙が届いたのを思い出した。

――いつか一度は訪ねて見たいと思っていたまぼろしの故郷豊津に訪れることが出来、山紫水明という言葉がぴったりする景色に、妹と二人しばし我を忘れました。父はよいふるさとを持っていると思いました。

故郷へ帰りたくても帰れなかった父。今は世の中が変わり自由にものが言えるようになり、地区の有志の方々の御寄付で文学碑が建ったりして、父は生前思っても見なかったにちがいありません。

（「西日本新聞」一九八三年八月二十一日。のち丸山豊他『西日本　文学碑の旅』〔西日本新聞社〕に再録）

［付論］広野八郎のこと

大﨑《おおさき》哲人《てつと》
文芸評論家／三人の会

雑踏の中で困らぬ人間が困った顔をしている
困った人間が困らぬ顔をしている

死んだら無名の墓とかす人間ばかりが
うごめいている雑踏の中で
深刻な顔をしたって仕方がない
変な考えなんか吹き飛ばしちまえ

ただ俺は知っている
ものは横から眺めるのもよいが下からのぞくのも面白いってことをさ！

この詩をうたった広野八郎は、労働と貧乏の生活に明け暮れ、文学を生きる心の糧とした無名の作家である。一九〇七（明治四〇）年に長崎県大村市に生まれ、高等小学校を卒業後は農業、炭焼、電車の車掌、海員労働者、炭坑、土木現場で働き、放浪生活をおくった。働きづめの一生であった。

二〇〇六年、広野八郎の人生を煮詰めたような本が福岡の弦書房から世に出た。『昭和三方人生』の題がつけ

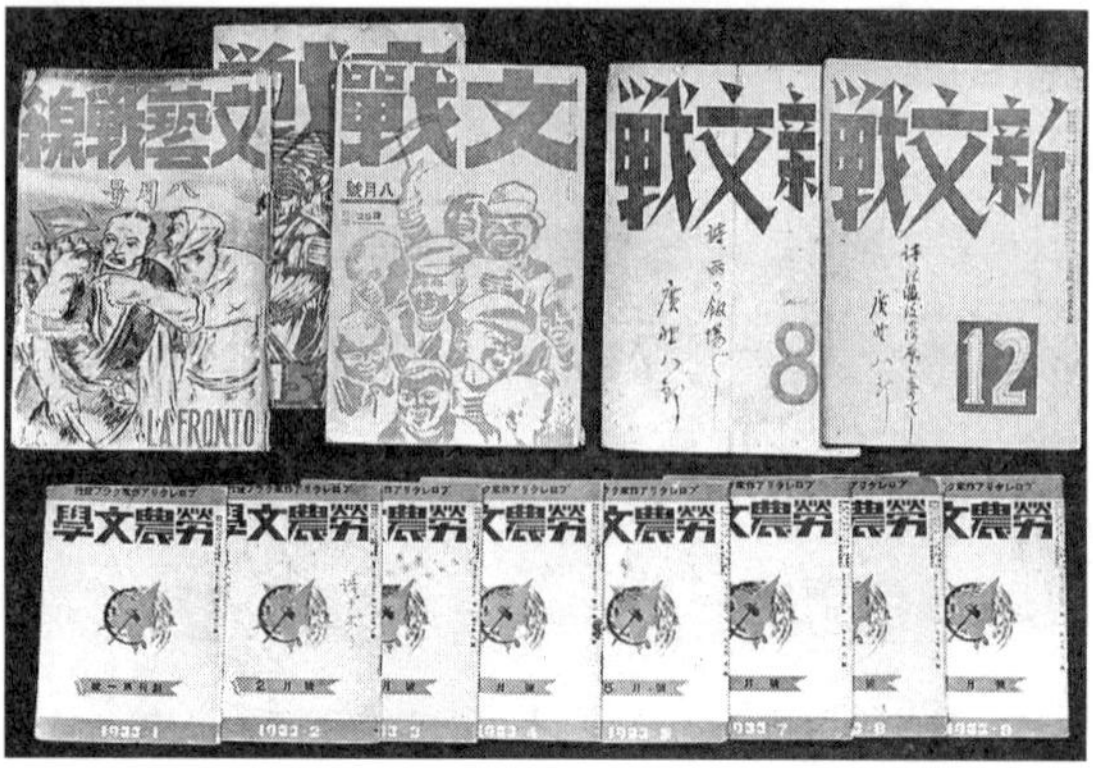

葉山嘉樹と広野八郎が作品を発表した労農芸術家聯盟『文芸戦線』（『文戦』と改題），プロレタリア作家クラブ『労農文学』，第二次労農芸術家聯盟『新文戦』。広野八郎旧蔵資料（広野司氏提供）

られた。「三方」とは馬方、船方、土方をいう。「昭和」の時代、労働一筋に生きた人間が浮かび上がってくる。

「ながいこと鉄道線路の工事をやったが、まだ一等車（グリーン車）に乗った経験はない。熱帯の海を卒倒しながら汽船を走らせたが、高級船員のメニューさえ見たことはなかった。ホテルの建設はやったが、大ホールのシャンデリアの光を浴びたこともない。よくも貧乏性に生まれたものである」と述べる広野。「これは馬糞と炭塵と泥土にまみれ、うじ虫みたいに底辺を這いずりまわった男の三方人生である」と言い放つ。

戦争中、三池炭鉱宮浦坑で働いていた広野は日記に「危険を冒して毎日、石炭を掘り出している」と書き記す。特高から眼をつけられていた時勢で、批判的なことを文書に残すのは身の上に危険がおよぶ。でも書かざるを得ない何かがあった。日記の中に時代の空気が透けて見える。

今の社会は経済の物差しで人間の価値をすべて計るのが当たり前の風潮になっている。広野の人生には現代と全く反対の生き様がある。天然の木は複雑な木目の模様を現す。この木目ができるまでにどれだけの出来事があったか、人間にも苦労して編み出されるその人だけの模様がある。

広野八郎は、文学に夢を抱き、労働を文学に描き込むことに希有な才能を持っていたプロレタリア作家であった。葉山嘉樹との人間関係が基礎になっているが、人の一生でそういう人間と出遭えたことは何よりも幸せなことである。他に『華氏一四〇度の船底から』全二巻（太平出版社）、『葉山嘉樹・私史』（たいまつ社）、『地むしの唄』（青磁社）、『外国航路石炭夫日記』（石風社、太平出版社版の復刻）などがある。

3

葉山嘉樹

気骨のあるサムライ

小牧《こまき》近江《おうみ》
『種蒔く人』・『文芸戦線』同人
元法政大学教授（故人）

葉山嘉樹の生まれた福岡県豊津町（現みやこ町）は、福岡市から自動車で二時間半ばかりの地点にあり、しっとりとした物静かな小さな町である。

枯川堺利彦翁の歌に、「赤土の痩松原の茸わらびそれにまぢりて生れにしわれ　とし彦」とある。ここが堺利彦、葉山嘉樹、鶴田知也、揃いもそろって気骨のあるサムライたちのふるさとである。この性格は小笠原藩の風土のせいだろうか。嘉樹の父、葉山荒太郎は、この藩の馬廻りであり、維新後官吏となって京都郡長に任じられた。

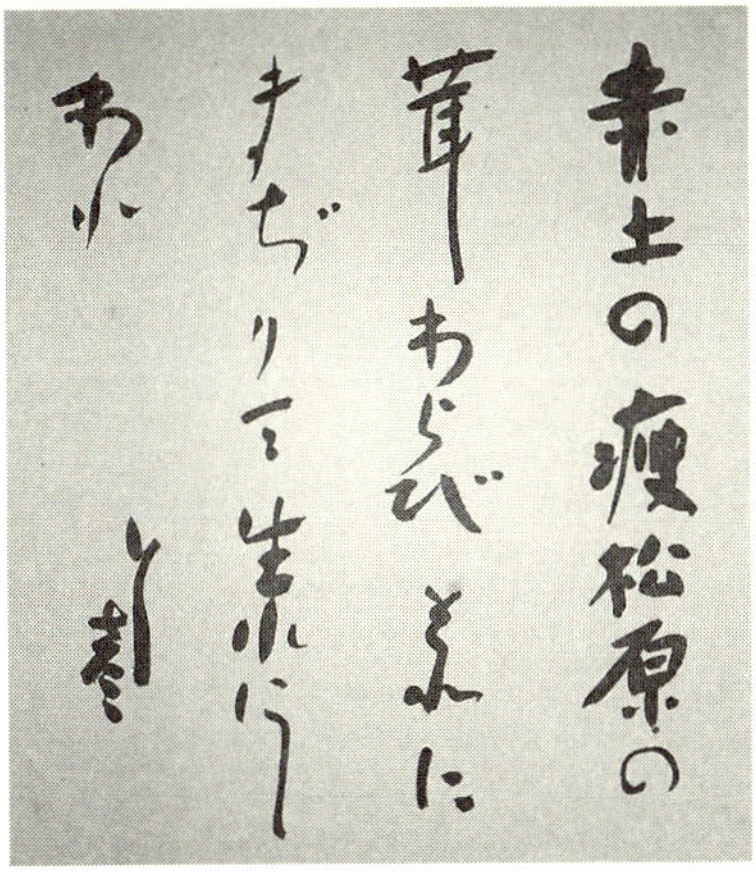

堺利彦の色紙。1920年６月，与謝野鉄幹主宰の歌会で詠まれた望郷歌（みやこ町歴史民俗博物館蔵）

嘉樹は天性明け放しで、激すれば大声をあげ、大きな涙を流したが、めそめそしなかった。ものごとにこだわらず、ずけずけといい、あとでけろりとユーモアをとばした。向坂逸郎さんが書いている。

「……だんだん酔がまわって来ると、荒れた。一人減り、二人減りして、いつの間にか誰れもいなくなり、少しも飲まない私だけが相手になって、少々よわっているような状態にあった。しかし葉山もこんな日は相手が少々ちがって居るというような風であった」

〝荒れない〟葉山に、こんな思い出がある。福本イズムが若いインテリたちの頭をどうかした頃の話である。わたしたちは、〝過程を過程する〟といったような本をもたせられ、福本学校に通わせられたものだ。目的はわたしたちを洗脳するためであった。チューターの林房雄君が開口一番、

「どだい、プロレタリア文学からして、そんなものは存在しない。あれはマルクス＝エンゲルス主義文学と呼ぶべきだ……」

するど、前田河広一郎が手をあげた。

「そんならマルクス＝エンゲルス＝レーニン主義文学とするほうが正しかんべえ」

葉山嘉樹は、その頃の流行語の〝アウフーベン、揚棄〟などというこれも新造語の意味をのみこめなかった。かれはしばしば〝アウフーベン、揚棄〟と口の中でもぐもぐした。そしてやっと合点がいったように、

「そうだったか、それじゃ昇ったり降りたり、デパートのエレベーターじゃないか」

と真面目な顔をするのだった。

「文戦」と「戦旗」が、分裂して同じ日の同じ場所で（上野山の別々の会館で）〝競演〟をしたことがあった。何しろ犬と猿の吠え争いであったので、大変な人気だった。会場はどちらも超満員だった。わたしは、よせばいいのに、先方「戦旗」の景気や如何にと闇にまぎれて会場に忍び込んだが、そこをまんまと小野宮吉に見破られ、生捕りにされた。そして、有無をいわさず、いきなり敵陣の壇上に立たせられたには弱った。しゃべれというのだ。仕方がない！

「いま聞くところによると、こちら『戦旗』の発行部数は三万といい、あちら『文戦』の部数は三万という。『種蒔く人』の時代は三千、せっかく五千に伸びたと思ったら発禁。いま思うと隔世の感がある。しかし、しかしいまは双方合せて六万部、万歳！」

わたしは、やっと放免された。ところが、翌朝の「読売」文芸欄は「戦旗」三万、「文戦」三万と、「戦旗」を先に書いてあるというので、仲間の連中は大むくれ、カンカンだった。葉山が仲へ入っていわく、

土埼版「種蒔く人」顕彰碑。秋田市土埼港6－16－30。1964年建立。『種蒔く人』は，フランス留学から帰国した筆者が，金子洋文，今野賢三らと1921年に秋田・土埼で創刊。関東大震災で終刊となるが，その批判精神は1924年創刊の『文芸戦線』へ継承される。『文芸戦線』は葉山嘉樹の登場で，飛躍的に発行部数を伸ばした

「新聞記事というものは、必ずしも真相を報道するとは限らない。それはペンが、あと先きかまわず自由に動くからだ」

これでけり、わたしは助かった！

終りに、葉山嘉樹〝大荒れ〟のこと――

ボル系とアナ系連合で「三人の会」が開かれたことがあった。これはプロ文壇の先輩秋田雨雀、小川未明、中村吉蔵三氏の五十歳の誕生を祝福し、併せて今後一層の活躍を期す、といった趣旨のものだったが、その実は当時議会に提出された政府の過激法案（治安維持法の前身）の打倒が魂胆だった。わが方の平林初之輔の開会の挨拶の辞の中で火蓋が切られた。すると、過激法案反対と思いきや、アナ系の安成貞雄を先頭に、辻潤はじめ、その他、血気の面々が一斉に抗議反対を叫び、口々に

「腰抜けボル共、生命が惜しいのか」

と怒号しながら猛然と起ち上がった。まるでかれらが政府の殺人法に賛成するのと同然だったには、いささかわたしも驚いた。日本の社会運動は、まだその域を脱していないのをみて、わたしは驚き且つ呆れたのであった。

と、隣室からドタン・バタンの音がきこえてきた。入口のドアが閉められ、中で椅子をふり上げての撲り合いなのである。わが方の小堀甚二と里村欣三は手に手にナイフとフォークをにぎって、猛り狂うアナの若手たちに、いまや突入せんとする身構なのである。葉山嘉樹といえば、この時あわてず、物すごい形相で、手をズボンに入れ、なにかやろうとしているのである。

危機一髪、流血の惨を見ようとする瞬間なのである。中に飛び込んで止めようとするどころの騒ぎでない。わたしは、食堂のテーブルにいる敵将宮嶋資夫に近

堺利彦記念館開館式。1973年11月。前列左より二人目筆者，４人目近藤真柄，その後ろ高橋正雄，５人目荒畑寒村，その後ろ鶴田知也（古賀勇一氏提供）

づき「危ない、葉山はズボンのポケットに何か持ってる」と耳打ちすると、顔色をかえた宮嶋は、察したのだろう、いきなり部下に〝退かせろ〟と号令した。それで、活劇はことなくおわった。

あとでわたしが葉山に訊くと、かれは、

「あ、あれか、ズボンのポケットに入れていたのは、あれは握り拳だったのさ」と、カラカラ笑ったものだ。

宮嶋とわたしは、打ちのめされた気がした。拳銃《ハジキ》だとばかり思っていたのに、心配させるじゃないか。

とにかく、これまでぐずぐずしていたボル＝アナの関係が、きっぱりと対決するようになったのは、あのときからであろう。

すぐれた芸術家葉山嘉樹は、天晴れな演出家でもあったのだ。

昨年暮（一九七三年）わたしは、豊津町に建設された立派な堺利彦翁記念会館の式典に招かれた（本書Ⅲ―7参照）。東京から荒畑寒村長老夫妻、高橋正雄、近藤真柄女史などが参席した。

その機会にわたしは久しぶりに会った鶴田知也君に、葉山の墓に詣でたい希望を述べたら、かれは葉山の一徹な古武士の父は、あくたれ者の長男の嘉樹を、先祖の墓所（本書Ⅰ―2参照）になどいれないのだ、とわたしにささやいた。

父親から断絶されたのだ。葉山嘉樹は、いまかれはゆかりの深い木曾中津川のほとりのかれの詩碑の下に安らかに眠っていると、いうことであった。

（『葉山嘉樹全集』第六巻月報、筑摩書房、一九七六年、のち『種蒔くひとびと』〔かまくら春秋社〕再録）

4

恨みの一節

宮原《みやはら》敏勝《としかつ》
葉山嘉樹友人（故人）
三人の会

わしゃ葉山の奴には恨みがある。というのは、九州で文学講演会（無産大衆党九州遊説、本書Ⅱ－6参照）があるというので福岡に帰って来た時のことじゃが、わしと落合久生と二人で下関まで迎えにいった。

当時のこととて、二人とも金がなく、葉山に無心したところ、中ごみくれたんじゃが、中身は一銭玉五、六枚入ったきりじゃった。東京を出る時は多少持っていたらしいが、汽車の中で、駅で、と駅弁を買って喰うたと、鶴田知也の話じゃった。葉山は酒も大いに飲むが大飯も喰う奴じゃった。

上：無産大衆党九州遊説の記念写真（本書Ⅱ－6参照）。一九二八年十二月。福岡県京都郡豊津村（現みやこ町）にて。後列左より鶴田知也、田口運蔵、葉山嘉樹、中列右より高橋信夫、蓑干万太郎、前列右端が筆者

左：福岡県みやこ町豊津六四三番地の堺利彦旧宅にて。右が筆者。一九五六年九月。撮影：川内唯彦（堺利彦に師事したロシアマルクス主義文献の翻訳家。コミンテルン第四回大会参加者。みやこ町出身）。近藤文庫蔵

講演は、門司、小倉、福岡でやられたが、特に福岡の講演は盛大やった。女専（現福岡女子大学）の生徒がいっぱいで大変なもんやった。当時人気の双璧はなんといっても片岡鉄平と葉山の二人やった。二人ともたいそう男ぶりが良かったんで、女生徒の人気も相当のもんやった。

帰りにゃ、博多の駅まで女専の生徒が見送りに来て汽車の出るまで握手しちょった。「葉山さんさようなら」と、いつまでも見送っていた。

八幡ではニコニコ座（劇場）でやり、出てくる弁士ごと中止じゃった。いよいよ葉山の番になって、二言三言しゃべったところで「弁士注意！」が出た。その日は、当局はどうしても講演会をつぶす腹じゃったらしい。葉山が啖呵を切る。すぐ検束となる。演壇ですったもんだしているので、わしが止めに入って、そん時どうも巡査のほうべんたを、うちくらしたらしく、わしが引っぱられることになった。

葉山は「話を止めりゃ良かろうが」ということで演壇を降りてしもうた。わしがつかまって、表で引っぱられて、「行かん」といってると、手錠をはめられた。

そん時、葉山が出てきて「敏やん、どこ行きよるそか」というんで、手錠をはめられた手を上げて、「これ見りゃわかろうもん」というと、「そんなら、あっちは向こう飯の向こう糞で何もいらん」と、やおらわしのオーバーのポケットに手をつっこみ、わしの持っちょった有り金一円五、六十銭を全部取り上げてしもうた。

葉山のおかげで、二晩泊められ、有り金はとられるわで、おおた話じゃなかった。

葉山の話はいろいろあるが、特にこんことは忘れられん。

（『葉山嘉樹と中津川』葉山嘉樹文学碑建立二〇周年記念実行委員会、一九八〇年）

岐阜県中津川市で開催された葉山嘉樹文学碑建立20周年記念祭での筆者。1978年10月

5

葉山嘉樹終焉の地・徳恵を訪ねて

垣上《かきがみ》 齊《ひとし》
元行橋市議会議員（故人）
三人の会

昨年（一九七七年）秋、郷土福岡県豊津町（現みやこ町）に葉山嘉樹の文学碑を建立するに際し、地元関係者と葉山家の御遺族との間に急速に往来が始まった。

特に除幕式に出席された菊枝夫人や百枝さんから葉山の晩年、わけても引き揚げ列車の中で病に倒れ、見知らぬ土地に埋葬してきた、と涙ながらに話されたことは関係者一同の脳裏に強く焼きついた。

今回地元の関係者（文学碑建設委員会の主要メンバー三名含め六名）が訪中することに決定した。十月二十九日から十一月十四日までの十五日間、行程は北京を振り出しに東北地区（旧満州）、沈陽（奉天）、長春（新京）及びハルピンが主要な訪問地。

我々の訪中の目的は今更説明を要しないが、この機会に是非葉山の終焉の地、徳恵を訪問し、草花の一本、酒の一本を供えようとではないかと衆議一決し、早速中国國際旅行社に対し徳恵訪問の実現方をお願いすると共に、葉山家の菊枝夫人や百枝さんに連絡し、具体的な状況、わけても徳恵駅や附近の見取り図など、できる限り詳細に知らせてほしいと依頼し、出発前にそれら関係者の文書などを受け取り、中国へ出発した。

中国側の温かい配慮と協力で徳恵を訪問することができた。以下簡単に状況をお知らせする。

入国一週間後の十一月四日午後一時、長春市内のホテルをマイクロバスにて出発、徳

上：中国吉林省中北部に位置する徳恵駅
下：徳恵駅近くの葉山嘉樹埋葬地（２点共撮影：山下妙子）

恵に向かう。同行者は原田吉治、木村敏彦、山岡、小見、相原、垣上の六名。いずれも行橋、豊津の出身者と中国側の通訳、工作員、運転手の九名だった。長春から徳恵間は約九〇キロメートルの道のり、途中は広々した大平原の耕地で、ところどころ人民公社の集落があり、アヒルや犬を相手に子どもが遊んでいるようなのんびりした風景が続いていた。

　午後三時頃、目的地の徳恵駅に到着。駅前には出迎えの人が待っており、その人の案内で駅長室に入る。早速来訪の目的を話し、持参の地図などを開いて説明すると同時に協力の要請を行う。

　徳恵駅の責任者は、来訪の目的を快く受け入れられ、当時（一九四五年）の現状をよく知っている年配の駅員（五十歳位）を呼んでくれ、その人に事情の説明をしてくれた。

　その人の話では、現在と当時では駅周辺は大変な変わりようで、当時の面影を残すのは、旧駅舎とプラットホームの数本の大きなポプラの木のみで、新駅舎やプラットホーム、跨線橋、入替線の新設で全く変わってしまっていた。

　しかし、説明を受けた場所は、現在構内の端になっており、新しい積載機械の設置されている西側の堀際と思われるといい、早速案内してくれた。当時この場所は駅の郊外にあり、その向こうは広々とした平原だった。新しい建設が始まったとき、この地域はすべて掘り返し、中国人、日本人の別なく他の土地に移し替え、埋葬し直したそうだ。

私たちは持参した記念品と花束を供え、郷土より持参した酒をふりかけた後、しばらくの間黙禱し、冥福を祈った。

帰路夕暮れの地平線に沈む大きな夕日と、それに映えるポプラの並木の真ん中を煙を上げて走る列車の勇姿は、忘れることのできない情景だった。

この訪中に際し、往復二〇〇キロメートルの長い道のりを親切に案内してくれた人たちや、徳恵駅の関係者に対して、心より感謝する次第である。


（前掲『葉山嘉樹と中津川』、改題）

6

葉山嘉樹の転向問題について

塚本《つかもと》 領《おさむ》
元岡野バルブ（株）行橋工場長
三人の会

次のような譬え話はどうだろう?

交通信号で「青」はススメ・可、「赤」はトマレ・ストップである。路上で子どもが倒れたのを見た人が「赤」にもかかわらず進入した。この場合、人命救助であっても、〝赤で入った〟事実は否定できない。

葉山嘉樹は、軍部と政府が旗を振る大政翼賛会文化部へ接近し、詰まるところ満蒙開拓に与《くみ》したので、いわゆる転向（共産党方針或いは反権力・社会主義路線からの逸脱という烙印）と言われる所為であろう。

帝国主義の最先端に潜り込んででも、書かずにはいられない衝動、あるいは執念の次元にあっては、私が思うに、葉山にとってそのような査問はどうでもよい問題になっていたのではなかろうかということである。

言論統制が極限まで厳しくなっていく世相下、それでも筆を断ち難い葉山は、満州に農民という働く人間とその家族の集団がいる限り、その実態を原稿用紙に書き取ることこそが全てであったのではないだろうか。作家である葉山、否、〝もの書き〟であった葉山には、その方が似つかわしく思われる。

労働争議をはじめ、各種の運動に携わった葉山ではあるが、本質的には小説を書くことに拘りを持つ〝もの書き〟であり、依って立つ地点も〝権力に踏みつけられる〟底辺にあったことは疑いない。

その意味で、繰り返しになるが、葉山嘉樹は、〝転向した〟・〝しない〟を語る次元から離れた位置にあって、レッテルを貼られることなど意に介さない存在になっていたのではないかと思わずにはいられない。

最後の二年半余、開拓団の生活の中で、そんな匂いの窺える原稿あるいは手紙・日記類や周囲にいた人たちの追憶が見出せないものか。例えば、西田勝氏が発掘した『葉山嘉樹全集』未収録作品「竿頭進一歩」（「満洲新聞」一九四三年七月十三〜十七日）、「信濃毎日新聞」に連載された西島拓也「地に在りて―葉山嘉樹の一五年戦争―」（二〇〇八年八月一日〜九月五日、六回）や、葉山と同じ開拓団にいた坂本弥平太氏が、文芸同人誌『顔』第五四号（二〇〇二年十一月、長野県上田市）以降に長期連載中の回想録「過ぎにし楽しき春よ」のような。研究者、マスコミ関係者にお願いする次第である。

上：「葉山民樹氏（前列右より二人目）・栩沢健氏（前列右端）を囲む会」で佐木隆三氏（前列左から３人目）らと。後列左から４人目が筆者。2011年11月（福岡県行橋市・京都ホテル）
下：福岡県豊津町（当時）の堺利彦記念碑にて。左より筆者，荒畑寒村，石本秀雄豊津町長（堺利彦顕彰会長）。1975年12月

7

三つの文学碑物語

古《こ》賀《が》勇《ゆう》一《いち》

元九州電力(株)行橋営業所長
三人の会

「葉山民樹氏・榭沢健氏を囲む会」で葉山嘉樹文学碑建立時のエピソードを語る筆者。2011年11月（行橋市・京都ホテル）

堺利彦記念碑・記念館

幕末、豊前の国は一大文教の府であった。稗田（福岡県行橋市）には村上仏山の水哉園《すいさいえん》、薬師寺（豊前市）に恒遠醒窓《つねとおせいそう》の蔵春園《ぞうしゅんえん》と二大私学に全国から遊学してきた。小笠原藩は丙午の役（第二次長州征討戦）に敗れ、錦原《にしきばる》（現みやこ町）に移るや、藩再興の基を教育に置き、育徳館が開校された。豊前版、東・早・慶の三大学園が出現した。その基礎の上に、近代日本史上に卓越した思想家を送り出した。堺利彦その人である。そして今一人は中津（大分県）の福沢諭吉である。

近代日本の黎明期に光陰放つ堺利彦の記念碑建立は戦前からの悲願であった。

一九五六年、堺利彦農民労働学校に学んだ森毅、行橋京都地区労の渡辺英生、社会党の垣上齊らの奔走で地区労、社会党、共産党、美夜古《みやこ》文化懇話会、福岡県立豊津高等学校錦陵同窓会等々で堺利彦顕彰会を組織、石本秀雄豊津町長を会長に、全国台での募金活動で建立の運びとなった。

堺利彦記念碑は、豊津町（現みやこ町）の本町筋と呼ばれる、今は国道四六九号線となった街道に建っている。この道は、一八七〇年、育徳館開校以来、角帽の豊津中学生（旧制）が通っ

堺利彦生誕100年記念碑前祭で挨拶する堺利彦の長女・近藤真柄さん。1970年10月

た近代豊津のメイン道路である。

かつてここに暗雲漂う重苦しい時代閉塞の下、軍靴の響き高まる中、堺利彦は農民労働学校を開設した。一九三三年一月二十三日没して、廃校となった。一瞬の光芒に似た短期間であったが、残した足跡は大きかった。記念碑が建っているのは、学校校舎の地続きの地である。

落成式は、堺利彦生誕九十周年の一九六〇年十二月、息女の近藤真柄さんを始め、荒畑寒村、高津正道、鈴木茂三郎、向坂逸郎、田原春次、小野明、松本英一、吉田法晴、平林たい子ら著名な方々を迎えて盛大に行われた。時、まさに、戦後日本の青春が燃え上がった六〇年安保闘争の最中、地元警察も未曾有の警備陣を構えたのである。

豊津を愛しながら、拒まれてきた堺利彦の望郷歌である「母とともに花しほらしの薬草の千振つみし故郷の野よ」が碑に刻まれた。生涯を平和と人間解放に捧げ、文人でもあった思想家、大先達、堺利彦の帰郷であった。

堺利彦記念館は、第二期事業として取り組み、約一千万規模となり至難を極めた。全国台での支援協力と地元の肩入れで、一九七三年十一月十五日、落慶を迎えることができた。大先達の偉業を後世に伝えるには、手狭で粗末なきらいはあるが、当時としては精一杯の努力の結晶であった。

小牧近江先生から、先生宅の新築祝いに、堺利彦が新品の襖に揮毫した「露のひるまの……」の寄贈の申し出があり、鎌倉は稲村ケ崎をお訪ねした折のことである。寄贈の条件は、まず酒を呑み、あの戦前戦中の弾圧時代、官憲の手から守り通した亡き夫人の許可を求めよ、と言われ、堺の書であるというだけで弾圧された厳しい冬の時代に思いを馳せながら仏壇に手を合わせた。

出世作といわれる「望郷台」が、荒畑寒村の手で表装され、四十年ぶりに鶴田知也に返され、記念館に寄贈された一コマも忘れ得ぬ思い出である。

葉山嘉樹文学碑

「あの著名な文芸評論家江口渙が、葉山嘉樹は信州の人だと言っている。早く文学碑を建てて、豊前人の葉山嘉樹を天下に明らかにしたい」と念じながら森毅は不帰の客となった。堺利彦記念館に続き、ようやく一九七五年、葉山嘉樹文学碑建設委員会を発足、小生に建設委員長の大役が舞い込んできた。三十三回忌の一九七七年十月十八日に葉山嘉樹文学碑除幕の式を挙げることができた。当時、西日本新聞社の求めで文化欄に寄せた拙文よりの抜粋である。

葉山嘉樹文学碑除幕式で碑面に見入る葉山菊枝夫人。1977年10月

日本文学史上、不滅の金字塔を築いたプロレタリア作家、葉山嘉樹の文学碑除幕式は、出生地豊津を追憶して「全半日もみとれることが多かった」と記されている平尾台を望む八景山に、遠く信州や関東から菊枝夫人を始め鶴田知也氏、広野八郎氏等の参加を得て盛大に挙行された。

『海に生くる人々』『セメント樽の中の手紙』などプロ文学の名作を残しながら、世に入れられぬ不運な作家だった故に、豊津の地に文学碑が建立されたことは筆舌に尽せぬ感慨である。

葉山を産んだ豊津は、その昔、大和時代には美夜古と称され、七世紀には豊前国府が置かれ、幕末には征長戦に敗れた小笠原藩の藩庁となって明治を迎え、独特の精神風土を形成している。

社会主義の先覚者、堺利彦の出身地として有名だ。堺の影響は、葉山、鶴田とプロレタリア文学として継承された。仏文学者、近江小牧氏をして「豊津は堺、葉山、鶴田と、揃いもそろって気骨のあるサムラ

鶴田知也文学碑（撮影：轟次雄）

イたちのふるさとである」と言わしめるところである（本書Ⅲ―3参照）。

「馬鹿にはされるが真実を語るものがもっと多くなるといい」と刻まれた葉山嘉樹文学碑のレリーフは、佐藤忠良の作である。

除幕式に出席された長女、百枝さんからは「いつかは訪ねてみたいと思っていた故郷豊津を訪れることが出来、八景山から眺めたふるさとは山紫水明の自然のたたずまいの素晴らしいところでした。今でも小笠原藩の香りを漂わせる土地柄や人間関係などに接し、故郷へ帰りたくても帰れなかった父の思いが察せられます」と礼状にあった。

岐阜県中津川市の葉山の文学碑（本書Ⅲ―9参照）は二十年前、駒ケ根市、室蘭市（本書Ⅲ―10参照）と全国四カ所にあり、他郷の人たちの温かさが身にしむ。

鶴田知也文学碑

鶴田知也が忽然と世を去ったのは一九八八年四月一日だった。「コシャマイン記」は選考委員会の満場の一致で第三回芥川賞が決定、菊池寛は受賞祝いの手紙に「映画のストーリー性としても上々、映画化は俺に委せろ、原作料は沢山取るつもりだ」と書いている。

「コシャマイン記」の舞台、北海道八雲町に一九八五年、鶴田知也文学碑が早くも建立された。

「わが郷土の生んだ第三回芥川賞作家、鶴田知也先生の文学碑を」と故白川力豊津町長の発議は、故吉田無佐治町長に引き継がれ、全豊津町民の草の根カンパと全国からの協力支援によって、一九九二年九月八日、八景山に、生前から交わりの深かった葉山嘉樹文学碑の隣に建立された。碑文は「不遜なれば未来の悉くを失う」。

鶴田知也は旧制豊津中大正九年の卒業、弟に日展審査員の画家福田新生（同大正十一年卒）、葉山嘉樹は同大正二年の卒業である。錦陵に英才育つ当時をしのびて感無量である。

景勝の地、古戦場、歴史の地八景山、文学碑二基、他に句碑もあり、八景山は、景勝と歴史と文学の森である。

城下町の思いを遂げることなく眠る豊津の地に建つ三基の文学碑と一つの記念館。近代精神史の脈絡の中で、われわれは如何に応えていくべきか。甲塚墓地の郡長正の碑、秋月党戦死者の墓等々、歴史に埋まる豊津を八景山より眺めつつ。

（福岡県立豊津高等学校錦陵同窓会一九九六年度定期総会誌『錦陵』一九九六年八月）

8

葉山嘉樹と里村欣三

大家眞悟《おおやしんご》
『里村欣三の旗』著者
ガイドヘルパー

二〇一一年秋、中学校の修学旅行の付き添いで長野県下伊那郡阿南町を訪れ、生徒三人とともに松下俊一さん宅にファームステイさせていただいたが、その折、偶然の会話から、この阿南町の天竜川を挟んだ対岸が泰《やす》皐《おか》村であることを松下さんに教えていただいた。

泰皐村は、葉山嘉樹が飛島組錦龍益太郎配下中川班の帳付けとして、昭和九年一月から九月まで三信鉄道工事に従事した村である。同行した広野八郎氏（本書Ⅲ―2参照）の『葉山嘉樹・私史』によると、その丁場は門島・温田《ぬくた》間の一区画で「鰐淵隧道口から下流、明島《あけしま》隧道の下口の沢」の間であったという。現在飯田線の秘境駅として知られる田本駅の上流辺りが工区だったのではないかと思う。

葉山嘉樹の三信鉄道工事への都落ちは、プロレタリア文学運動の解体・敗北の帰着であり、また『山谿に生くる人人』や『流旅の人々』などの後期文学の出発点であったが、これを機に作家里村欣三もまたその人生と文学を大きく転換させていった。

里村欣三は今日、忘れられた作家である。何重にも忘れられていると思う。その名さえ知らない人が多い。知っている人でも、葉山と同じ『文芸戦線』派の作家であり、代表作は「苦力頭《クーリーがしら》の表情」、徴兵忌避もしくは入隊した軍を脱走して満洲を放浪した作家としてである。里村は本名を前川二享というが、その「二享」さえ今でも「二亨」と誤記されている。

雑誌『改造』の編集者であった水島治男氏は次のように書いている。

葉山は背丈一メートル七五くらいあって、男っぷりもよく、声も澄んで幅があり、船員といえば高級船員だったろうと思わせるものがあった。（中略）そこへいくと、彼の愛すべき弟分の里村欣三は（中略）満州くんだりまで行って苦力のドヤ街にもぐりこんだり、満人といっしょに平康里《ピンカンリ》（遊郭街）をひやかしてみたりするもっさりした男で、対照的であった。しかしこの二人が奇妙に『文芸戦線』の雰囲気をつくり出していた。

（『改造社の時代』戦前編）

葉山は明治二十七年三月十二日、里村は明治三十五年三月十三日生まれで、ちょうど八歳の年の差。誕生日も似通っているが、その出自、経歴もよく似ている。そして本来別個であるはずの葉山と里村の人生に、本質的には全く同一の事象が現れていることに驚かされるのである。

葉山嘉樹は父方が小倉小笠原藩、母方も士族の出であるが、里村欣三も母方が備中松山藩士で、曾祖父谷三治郎供行《ともゆき》は百二十石、役料二十石の旗奉行であった。脱藩して新選組に走った「谷三兄弟」は三治郎の子である。その後、百六十石蔵田徳左衛門の次男が養子として谷家に入り谷供美《ともよし》を名乗った。妻も武家の出で、里村の母はその次女として出生した。里村の父前川作太郎は岡山県和気郡福河村寒河の旧家の出で、山陽鉄道（今のＪＲ山陽本線）に枕木や駅弁の経木を納入する事業家であった。

葉山嘉樹の母トミさんは葉山が十三歳のとき離縁して家を出ているが、里村の母金さんは里村が五歳の時に死去した。産後の肥立ちが原因と言われる。葉山は「後妻めいた者」との心理的葛藤を書いているが、里村も後妻を迎えた父との葛藤を抱えて成長した。

葉山は「文学的自伝」で「中学生の分際で、女といろんな醜聞を起こす」「不良少年」であったと書いたが、里村も「（中学時代）すでに女を知り、遊里に足を踏み入れてすでに悪い病気に感染」している「街の子」であったと回想している（『第二の人生』第二部）。

大正二年、葉山は父に家を売らせた金四百円をもって早稲田大学高等予科に入り、忽ちにその金を使い果たし水夫見習いとなって労働の世界に入る。里村の場合は、岡山の関西中学校四年生の十六歳半ば、米騒動のあった大正七年の秋に校長山内佐太郎擁護のストライキを主導して除名処分となり、転校した金川中学校も除籍された。父親との自決騒動の後、大正八年夏、父の金七百円を持ち出して出奔、東京に出て市電労働者となって労働の世界に入って行く。二人はともに故郷を出た、ある種高学歴のインテリの出自である。

葉山は大正十年、名古屋セメントの職工村井庄吉の労災事故をきっかけに労働運動に入り、愛知時計電機の争議を支援して検挙され、大正十二年には「名古屋共産党事件」で再び検挙されて関東大震災を名古屋監獄の獄舎で迎えている。

一方の里村は上京して青山地区所属（推測）の市電車掌となり、中西伊之助が組織した日本交通労働組合の活動家として大正九年四月の東京市電罷業に参加、上野公園での国内初のメーデーを経て、まだ弱冠十八歳ではあったが同労組を代表して日本社会主義同盟の創立発起人の一人となり、歴史に名を刻んでいる。大正十年五月頃、東京市電を馘首された里村は神戸市電に潜入、三菱川崎大争議の渦中を経て、翌十一年三月には中西伊之助らとともに西部交通労働同盟（大阪市電）の結成を声援した。この直後であろうか、「当局の弾圧に腹を立て、、時の電車課長を襲つて短刀で斬りつけ」（『第二の人生』第二部）て、大正十一年四月二十五日から十月二十五日まで入獄（『労働週報』）している。この時期が徴兵検査期と重なり、里村は満洲に逃亡する。

徴兵令や兵役法の規定から、受刑中の者は徴兵検査を受けることができない、従って里村欣三は徴兵検査を受けずに満洲に逃亡したのではないかという見方もあるが、後年里村から葉山嘉樹に宛てた私信に「以前の時は甲種合格だつた」という記述があり、また里村の在郷軍人名簿に「大正十二年適齢者処不」の記述があることから、里村は徴兵検査は受けたが大正十二年一月の入営を忌避して満洲に逃亡したという見方が有力であると思われる。このように作家以前の葉山と里村にはともに激しい労働運動と入獄の体験があった。

葉山と里村は大正十五年四月、林房雄、岡下一郎とともに雑誌『文芸戦線』同人に推挙された。葉山は前年に「淫売婦」、この年一月には「セメント樽の中の手紙」を発表、里村も大正十三年末には「富川町から立ン坊物語」を書いて名を知られ始めていた。葉山には船員生活、落合ダムでの労働体験の蓄積があった。里村には満洲放浪体験の蓄積があった。葉山は木曾の飯場に祖国を追われ流れついた朝鮮人労働者と身近に接し、里村は富川町の立ン坊、ハルピンや大連の苦力労働者と交わってともに親愛の情を示した。

しかし二人は後の「転向」の心理的契機となるトラウマを抱えて作家的出発をしていた。葉山の場合は「名古屋共産党事件」での入獄中、前妻喜和子さんが出奔、二人の愛児を餓死させた代替しがたい苦痛が戦中期の「転向」の心理的契機になっているという指摘を聞く。もう二度と同じことを繰り返したくない、という心理である。

里村欣三の場合は、徴兵検査時期に、労働運動上の傷害事件により入獄していたことを契機にアナーキーな反抗心から姫路十聯隊への入営を忌避、満洲に逃亡した。その後関東大震災により戸籍を喪失した無籍者として生きたが、長男が学齢期になってその重圧に耐えきれなかったこと、関東大震災以前に親しく交際していた朴烈、金子文子に大逆事件の死刑判決が出た（大正十五年三月二十五日）が、そのことに恐怖したことがトラウマとなり逆バネとなって里村の戦中期の「転向」に働いた。曲がりなりにもプロレタリア文学運動が顕在している時には見えなかった心理の襞が、追いつめられて「転向」と向き合うことを余儀なくされる状況の中で露見する。

大正十五年春、東大で開かれた葉山と里村、山田清三郎による社会文芸講演会は、プロレタリア文学運動の青春の一齣だった。葉山は颯爽とアジ演説をやったが、里村は大工や左官がいかに仕事を愛しているかを語った。聴衆の一人だった臼井吉見は、里村の長髪とゾロッとした着物姿を「どぶ鼠がちょうど、どぶからはい上

1933年１月23日，堺利彦の通夜に集まった人々。写真上，中央一番大きな顔で写っているのが里村欣三（「読売新聞」同年１月24日朝刊第７面掲載）

って来たまんまという格好だった」と懐かしく回想している（『現代日本文学全集』月報67、筑摩書房）。

一瞬の輝きの後、プロレタリア文学運動はすぐに貧窮の中の持久戦の様相を呈していく。昭和五年十一月の黒島伝治らに対する「焼ゴテ事件」など、文学方法論と組織のあり方をめぐって分裂を繰り返したが、葉山と里村は終始行動を共にした。昭和八年一月の堺利彦氏の通夜にともに出席、里村の顔が大きく映った写真が「読売新聞」に掲載されている。

プロレタリア文学運動は、昭和八年二月の小林多喜二の虐殺を機に終熄に向かう。葉山と里村が心血を注いだ雑誌『労農文学』は同年九月号を最後に終焉、生活の旗を失ったことが引き金となり、葉山は泰阜村の三信鉄道工事に向かったのである。葉山は伊那地方、木曾地方の山間部の農村を転々とし、農村に暮らしながら農民ではない生活、「絶えず村人の勤労を見て、それへの感謝と、寄食の許しを求め続けるのは、正直な話私にもひどくこたへた。絶対に頭の上らない生活と云ふものを考へて見るがいゝ。それが日常の私の精神生活なのであつた」（「子を護る」）という状態に陥って行った。

一方の里村はどうだったのか。葉山と別れた里村は、千葉県長生郡東浪見《とらみ》の漁村に逼塞後、昭和十年四月末、妻子を妻の郷里に預け、岡山に転地していた姫路十聯隊にひとり徴兵忌避を自首して出た。ある側面からは敗北的とも見える里村のこの行為を葉山は全面的に受け入れ、是認した。徴兵忌避を自首した前後の、里村が葉山嘉樹に宛てた手紙が浦西和彦先生の『葉山嘉樹』（桜楓社）に収載されている。機会があれば是非読んでいただきたい資料である。

徴兵忌避の自首後、兵役関係の裁判、訓練を経て昭和十年十月下旬、里村は信州赤穂《あかほ》村の葉山を訪ねた。しかし再上京して試みた作家生活は成り立たず、和気郡福河村に落魄の帰郷をし、煉瓦工などで生活した。

昭和10年10月20日頃，諏訪湖畔にて。前列右葉山嘉樹，左は葉山を支援した小出小三郎。後列立っているのが里村欣三。中は里村の長男（『葉山嘉樹全集』第三巻より）

少年時代を慈しみ育んでくれた故郷の風物も人心も、彼には冷たかつた。その冷たさも、まだ故郷に馴染のある彼には忍べた。だが、爪の垢ほども兵六の故郷に馴染をもたない妻子には他人のやうによそよそしく、しかも敵意のある眼は、忍び難い痛さであつた。（中略）この妻子を雄々しく外敵から護らなければならない父の兵六は、外へ出て行つて村人の前で、恥も外聞もなく、意気地のない捕虜のやうに自ら進んで、己れの武装を解除しているのだつた。思想の鎧を脱ぎ、イデオロギーの太刀を手渡してしまい、最後には身につけた襦袢や肌着まで脱いでしまふのであつた。まだこれだけでは足りないと考えて、おまけのつもりで凡ゆる場合に妥協し、追従し、屈服し、恥辱は甘受して恥じないのであつた。（中略）兵六は村の人々に、生きながら捕捉された捕虜であつた。

（『第二の人生』第二部）

文中の「兵六」は並川兵六といい、里村の戦記小説において自身を表す作中人物名である。里村も葉山も、次第に行き場の無い精神状態の中に追いつめられていった。

昭和十二年四月末から五月上旬、葉山と里村は、中西伊之助や伊藤永之介らとともに日本無産党三浦愛二の選挙応援のため福岡県八幡市や京都郡豊津村を訪れて鶴田知也の生家で一泊、声を嗄らした。これがおそらく葉山の最後の帰郷であり、同時に文芸戦線派、労農派としてプロレタリア文学運動を進めてきた人々の最後の共同闘争になってしまった。中西らは同年暮の「人民戦線事件」で検挙され二年余りを獄中に暮し、三十五歳の老兵里村欣三はこの年七月に勃発した日中戦争に召集されて、十四年暮までの二年半を通信機材運搬の輜重兵特務兵として華北華中の広大な戦場を引きずり回される。そして戦場で生きていくための自己正当化、「私のやうな、ぐうたらな人間が、本当に立派な兵隊になれるだらうか?」という自問の中に落ち込んで行くのである。

戦争状態が無条件の前提となったとき、作家以前に抱えていたトラウマが逆バネとなって現れてくる。二人はむしろ積極的にその彼岸に向かって漕ぎ出して行ったのである。

太平洋戦争が開始されたとき、葉山は「ソコクノナンニオモムキタシグンカンカゴヨウセンナドニニンムヲアタヘラレタシ」と大政翼賛会文化部長の岸田國士《くにお》に打電した。里村は宣伝班員として徴用され、井伏鱒二や堺誠一郎、写真家の石井幸之助らとともに「あふりか丸」の船上に居た。マレー戦線に投入され、宣伝班員であるにも関わらず最前線に立って行動した。そして「この戦争がどうなるか知りませんが、僕はどこまでもこの戦争について行くつもりです」という認識に至る。

葉山の場合は、虐げられながらもなお自然そのもののように生きる農民、村人に溶け込もうとする自己同一化欲求が、里村の場合は、戦場の砲弾の中で将校から「おまえはここで死ぬんだ」と気合いをかけられて起ち上がる兵士の、そのどうしようもない下級兵士の運命に対する限りない同情、自己同一化欲求が、軍国主義に追随する形となって二人を押し流して行った。

葉山は満蒙開拓団の拓士送出に手を染め、自らも開拓団員として満洲に行った。一方、葉山にはなかったことだが、里村には信仰の問題が生起している。昭和十五年頃、会員数もわずかな初期の創価教育学会、日蓮正宗に入信している。左手に数珠を巻いて各地の戦線を馳駆し真剣に信仰した。しかしその信仰もマレー戦線に同行した画家栗原信によれば「(里村は)或る宗教には関心を持つてゐるが、戒律には好きなところだけしか必要がない様である。寧ろ彼の尤もらしいものは酒を呑み乍ら、のべつ論じられる社会批評人生批評なのである」(『六人の報道小隊』)と、親愛の情を込めていなされている。

葉山は敗戦の年の昭和二十年十月十八日、満洲双竜泉第一木曾郷開拓団からの帰国の途次、ハルピンの南方、長春との中間に位置する徳恵駅近くで脳溢血で死んだ。里村はフィリピン・ルソン島の中部、バギオ郊外の戦場の最前線で取材中、爆風で腸が断裂して死んだ。昭和二十年二月二十三日のことである。葉山も里村もともに戦乱の異国に果て、かつて植民地、占領地であった異国の土に身を埋めたのである。

「転向」の果ての葉山と里村の死は、「無惨な悲劇」として、政治的、道義的な負の価値の中で理解されがちである。しかし私は、その死に至る事実経過の具体的な掘り起こしの中にこそ、いわば成就しなかった闘いの中にこそ、実は最も根源的な、豊かな示唆があるように思うのである。それがまだ十分に行われていない。

人生において里村は葉山の弟分であったが、里村の再評価はその人生ではなく文学で行われるべきだと思う。下層労働者の生態を抉り出した「富川町から　立ン坊物語」、青春のときめきをケレン味なく描いた「疥癬」、満洲に蠢く大陸浪人を活写した「放浪の宿」、軍需倉庫の地下室でポンプを汲み続ける老苦力の「旅順」、徴兵忌避の自首前後の苦悩を映す「苦力監督の手記」、戦塵の中国民衆をリアリティ豊かに描く「マラリヤ患者」、日本軍におびえて沼に身を潜める女を描いた「獺《かわうそ》」など、こうした秀作を集めた『作品集』が里村欣三再評価の前提としてまず必要だと思う。

私は研究者ではなくガイドヘルパーに過ぎないが、二〇一一年五月、『里村欣三の旗――プロレタリア作家はなぜ戦場で死んだのか』を論創社から上梓していただく幸運に恵まれた。小正路淑泰氏による里村欣三の入獄記事および石巻文化センター所蔵のリーフレット「暁鐘」の発見がその端緒となり、起伏多い里村の人生を自分なりに明らかにした評伝である。

里村欣三生誕百十年に当たる二〇一二年、岡山市の吉備路文学館や備前市日生町の加子浦歴史文化館では記念の企画展が計画されていると聞いている。たいへん嬉しいことである。さまざまに誤解されているけれども本質的にリベラルであった作家里村欣三の復権に、私も微力ながら、少しでもお役に立ちたいと願っている。

9

『葉山嘉樹への旅』と韓国

原《はら》　健《けん》一《いち》
日本民主主義文学会

『葉山嘉樹への旅』韓国語版

はじめに

本書に私が寄稿することになるとは、全く予想していないことでした。しかも私が書いた『葉山嘉樹への旅』（かもがわ出版）が韓国で翻訳出版されたことを紹介する機会があろうとは、思ってもみなかったことです。私が葉山嘉樹の文学と向き合うことになったのは、岐阜県中津川市にある文学碑が切っ掛けでした。このことから、次々と出会いが重なるのですが、順を追って書き留めてみたいと思います。

一九八九年の十二月、長野県松本市でやっている『群峰』という文学雑誌の同人たちと文学散歩に出かけました。中津川市の葉山嘉樹文学碑を見学した同人の文章が一九九四年の『民主文学』二月号に掲載されたのですが、それを読まれた菊枝夫人が、「今でも葉山に関心を抱く人がいるなら、会ってみたい」と話されたことが伝わって参りました。

そこで私たち同人四人が、一九九四年七月四日に中津川市の見晴亭を訪れ、そこで菊枝夫人に会いました。この時の写真を『葉山嘉樹への旅』のグラビアに掲載してあります。

この直後、島利栄子さんという女性史研究家が菊枝夫人にインタビューした記事が地元の「信濃毎日新聞」に連載され、菊枝夫人が健在であることが世に知れたのです（島利栄子『ときを刻む信濃の女』〈郷土出版社〉に再録）。

続いて一九九六年の三月十日、葉山嘉樹誕生百年、没後五十年、菊枝夫人の米寿を記念する集いが、文学碑の前で行われました。私もここに参加し、菊枝夫人と再会したのです。

これらのことが重なり合い、引き金となって『葉山嘉樹短編小説選集』が、翌年四月に松本市の郷土出版社より出版されました。『選集』の出版を見届けて安心したかのように、その年の暮、菊枝夫人が逝去されました。翌一月十日に長野県山口村の光西寺で菊枝夫人の葬儀が行われたのですが、葬儀に参列した私は深い感銘を受けました。

葉山嘉樹のことと私の小説

葬儀に参列した時の感動を形に残そうとして、私は詩を書いたり、小説らしいものを書いたりしました。何とか認められたのが、「追慕葉山菊枝夫人」という小品で、これが二〇〇五年『民主文学』二月号に掲載されました。葉山嘉樹についてというより、菊枝夫人について書いた小説ですが、この作品が葉山嘉樹に関する書き始めでした。

葉山嘉樹という作家の名前を目にすることが少なくなっていたためか、「今頃、葉山について書く人がいたのか」と手紙を下さったのは、近代文学研究者の祖父江昭二先生でした。

その後、葉山嘉樹の作品を読みながら、身内の肉親と重ねて、葉山嘉樹の生涯を辿ってみる手法で書いたのが、「父が生きた時代」（二〇〇七年）という作品です。軍役で満州生活も体験した自分の父親の過去を探りながら、そこに重ねて葉山嘉樹の航跡を辿りました。これを「複合史伝小説」として、千葉大学の石井正人教授が評価してくれました。

「葉山嘉樹と偽満州国」という作品も、最後に書いた「『海に生くる人々』を訪ねて」も、その都度、『民主文学』に掲載された作品です。

「『海に生くる人々』を訪ねて」を書く時には、石炭運搬船に乗っていた葉山嘉樹を実感するため、室蘭港まで船旅をしました。その折に、室蘭の「港の文学館」では幾つかの発見をしました。鶴田知也の文学碑も見てきました。

中津川市の文学碑を皮切りに、長野県駒ケ根市赤穂にある文学碑、室蘭港の文学碑（本書Ⅲ―10参照）まで踏破したのですが、福岡県みやこ町の文学碑だけ見ていません。

二〇〇九年三月に『葉山嘉樹への旅』を出版する時、私は「あとがき」に「これは専門の研究書ではなく、作家論・作品論の書でもない」、「葉山嘉樹に興味関心を抱く切っ掛けになれば、と願う案内書と考えて頂きたい」と書きました。

韓国版『葉山嘉樹への旅』の出版

偶然というのは続くものです。私は韓国や朝鮮半島の歴史と交流に関心を抱いていましたが、韓国のカトリック大学で日本語の教師を求めている話があった時、母校信州大学人文学部の教授が私を推薦してくれたのです。

二〇〇九年九月から、思いがけず私は韓国の大学の教壇に立つことになりました。示された授業のコースは、基礎日本語・貿易日本語・時事日本語・上級日本語などでした。

私は決まり切った教科書に沿った授業ではなく「日本文学を紹介しよう」と考え、幾種類かの小説やエッセーなどを用意して韓国へ渡りました。

九月一日から始まる後期の授業のオリエンテーションには、私がどんな授業をするのか関心を抱く学生が教室で待っていました。「時事日本語」という授業などは、教科書がないので教材を自分で用意しなくてはなりません。ちょうど民主党政権に代わったばかりの時期でしたので、「日本と韓国の関係は今後どう変わるか」というテーマを最初に設定しました。すると驚いたことに、次の授業までに学生たちは民主党のマニュフェストを読んで来ているのです。

これほど研究心の旺盛な学生たちです。クラスを選んで『葉山嘉樹への旅』の読み合わせをしようと考えたのです。さっそく金曜日の夕方から三時間続きの授業があるクラスで、読み合わせを始めました。人数も少なく、社会人の学生もいるクラスでしたが、「葉山嘉樹と女性たちの出会いは劇的ですね」とか「日本にもこういう抵抗作家がいたのですか」というような興味深い意見が出されました。

韓国では葉山嘉樹が知られていないだけでなく、韓国を植民地支配していた時代に、日本にプロレタリア文学運動が盛り上がっていたこと自体があまり知られていないのです。プロレタリア作家の翻訳出版としては小林多喜二や松田解子の作品がある位だと思います。

『葉山嘉樹への旅』を大学図書館に寄贈したりしたことから、インターネットで「海に生くる人々」をダウンロードして読み始めた人もいました。そのころ友人から「韓国語に翻訳しませんか」という誘いを受けたのです。

翻訳は、信州大学へ留学した経験のあるメンヒョンホ君とヨンアさんにお願いし、月に二回ほど私と突き合わせを繰り返しました。

こうした作業をしながら、改めて気づいたことは、葉山嘉樹の人間尊重と国際感覚ということです。

「万福追想」という短編は、日本に移住してきた朝鮮人労働者の家族を描いています。万福というういたいけな子どもが工事の発破で飛んで来た石の破片を鼻に当てられて怪我をします。怪我はじきに治るのですが、だんだん飯が食べられなくなり死期が近づきます。万福は死ぬ前に、やはり病弱な父親に「帰ろうよ」とせがむのですが、彼らには帰る郷里はないのです。

葉山嘉樹は当時の朝鮮人が置かれた立場を温かい眼差しで描き出しました。この人間の命へのいとおしみは、「セメント樽の中の手紙」以来、一貫して葉山文学に流れています。またこの作品で葉山は、人間が対等平等であるべきだという考えを以下のように表現しています。

私は「朝鮮人」という言葉を使わないようにしていた。無論「鮮人」とは云わなかった。が、悲しいことには、工事場には、そう云う言葉が、言葉そのものは仕方がないとしても、軽蔑や侮蔑の意味を含めて使われることがあった。私が、若い頃マドロスとして、印度あたりまで行った時、欧米人などに、どことなく差別的に見られたりして「こいつはいけない」と思ってから、私はヨーロッパ人だから優越しているとも思わない代りに、インド人でもアフリカ人でも、支那人でも、朝鮮人でも、私より劣っているなどとは思わなくなっていた。

韓国人の立場から

ほぼ翻訳が出来上がったのですが、難航したのは出版社の選定です。日本のプロレタリア作家を紹介する本の出版に同意してくれる出版社がなかなか見つからなかったのです。

翻訳を担当したメン君でさえ、「日本へ来る以前に抱いていたイメージと日本へ来てからのイメージが全く違った」と言っている位ですから、マスコミや教科書で知られている日本のイメージは、まだ否定的であるといわなくてはなりません。日本文化が韓国に開放され始めたのは、金大中大統領になってからです。

出版で行き詰まっていた時に幸運が訪れました。江戸時代の朝鮮通信使に貢献した雨森芳洲《あめのもりほうしゅう》を紹介する本が翻訳出版されたのです。メン君がこの出版社と交渉してくれた結果、ソウルのアド出版という会社が『葉山嘉樹への旅』の出版を受諾してくれました。そして七月に翻訳本が出来上がり、私が三百部買い取って大学の研究室や公共図書館へ寄贈し、残り千二百部が書店に並びました。

日本と韓国との間には、不幸な歴史がありましたが、それだけではありません。江戸時代の朝鮮通信使のことも、「誠心外交」を掲げた芳洲のことも、もっと重要視されるべきだと私は思っています。日本が韓国を植民地にした時から百年が経過しましたが、その時代にも柳宗悦や浅川巧のような人がいたのです。浅川巧は韓国の山に植林した功績を残しただけでなく、韓国の焼き物、特に白磁の美しさを世に知らせたことで韓国人に感謝されています。制作中だった『白磁の人』という映画が完成し、六月から日韓両国で上映されます。

韓国と日本を往復するのに、私はよく船を利用しました。初めは釜山港から下関港へ、二度目には大阪港へ。そして福岡港から釜山港へも。葉山嘉樹が満州へ渡る時も、新潟から日本海を渡り朝鮮半島に上陸したのでした。その海には魚雷が浮かべられていたということを読んだ記憶があります。

やがて韓国でも葉山嘉樹の文学と人間観が評価される日が来ることを私は信じています。

10

葉山嘉樹と室蘭

文学碑建立とエピソード

西《にし》原《はら》羊《よう》一《いち》
日本民主主義文学会
室蘭支部

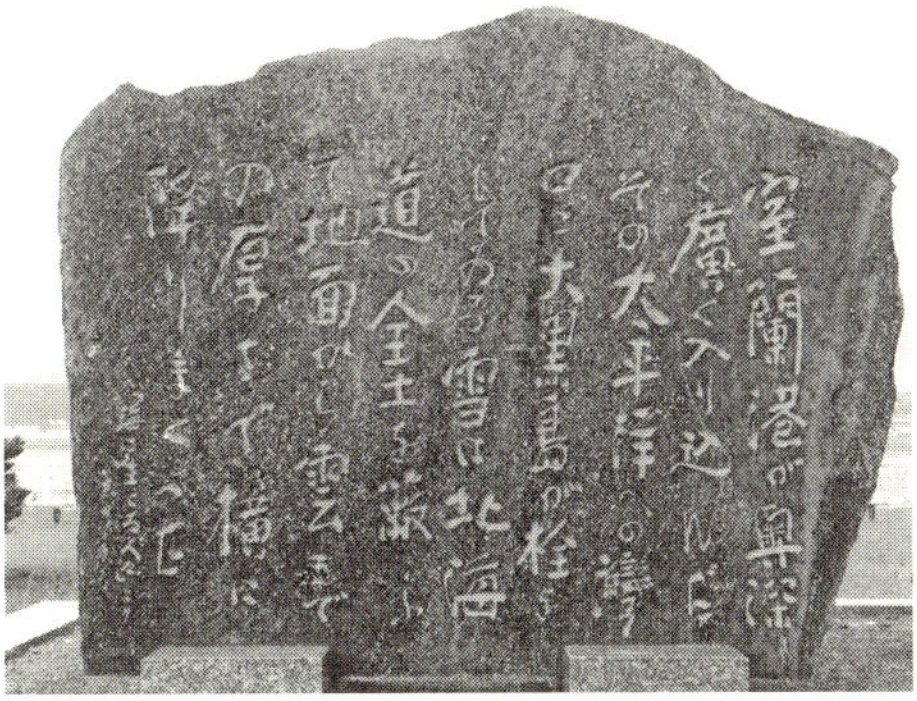

室蘭市の葉山嘉樹文学碑。主碑と副碑（近藤健氏提供）

室蘭港が奥深く広く入り込んだ、その太平洋への湾口に、大黒島が栓をしてゐる。雪は、北海道の全土を蔽うて地面から、雲までの厚さで横に降りまくつた。

葉山嘉樹の小説『海に生くる人々』の冒頭文は、室蘭に住み、そこで生活し、地形を知るものに強烈な印象を与えてくれます。

葉山嘉樹と室蘭を語るとき、すべてはここから出発します。その意味で室蘭での葉山文学碑の碑文に、この冒頭文が選ばれたのは当然のことでもあります（写真下）。

また、小説冒頭の文は物語を示唆し、暗示すら与えます。葉山嘉樹は荒れ狂う海と自然を目の当たりにして、あたかも行く手に栓をしたかのように映った大黒島に、室蘭の急速に発展する工業地、そして搾取への怒りを覚え、たたかいを暗示したのではないでしょうか。

室蘭港にぽっかり浮かぶ大黒島は周囲五五〇メートルほどの小島です。しかし、その小島も霧に迷う万寿丸にとって「軍艦のように速力の速い怪物は、百年一日の如く動かない大黒島であり、大砲は霧信号であった」のです。そして「哀れなる子犬のような、わが万寿丸は腰を抜かしたのである」。いまは周辺に防波堤が出来、それぞれの先端の灯台が点灯されるので、船の航路障害はなくなりましたが、万寿丸が行き来した時代、とくに石炭桟橋に向かう航路をとる船舶にとって大黒島は、まさに栓となるような島でした。

アイヌの人たちは大黒島を「ホロモシリ」（親なる島）と呼んでいました。大黒天を祭ったのがその名の由来とされますが、詳細は不明です。また、伝説の花といわれた「クロユリ」が咲いていました。さらにアイヌの人たちは室蘭半島のいちばん高い山、標高一九九メートルの「ホシケサンペ」（真っ先に見える山—測量山）を海からの目安としていましたから、大黒島は海で生活したアイヌの先人たちにとって、ごく自然な、太平洋と湾口のツッパリ栓そのものとみることができます。

さて、葉山嘉樹文学碑建立の「言いだしっぺ」平林正一は、郷土史研究家で、『聞き書き・室蘭風俗物語』（袖珍書林）など著書がありますが、葉山嘉樹文学碑建立期成会長として、会報に「石炭荷役の立役者は港湾労働者です」という書き出しから、室蘭港が明治の末から昭和十年代にかけて北海道一の石炭輸出港を誇ったことを書き記しています。碑文を揮毫した書家の長谷川遅牛と平林は、旧制室蘭中学をほぼ同じに卒業した生粋の室蘭人です。「言いだしっぺ」の平林にすぐさま共鳴したのが、かなまる・よしあき（小説家、「証人台」で北海道新聞文学賞受賞）、工藤進（山岳人・読書家、自然・高山植物に詳しく鶴田知也を知る）、樋口游魚（俳人、港の文学館創設者・館長）、それに私・西原羊一の六人が集まりました。

現在、この六人の内、生存者は樋口游魚（ガンのため入院中）と私だけです。この人たちとの葉山嘉樹文学碑建立のための会合は実にユニークでした。

碑文は当然、書家（創玄書道会名誉会員）の長谷川遅牛が書くものと思っていたのですが、突然、平林正一が異を唱えました。「おまえの字は難解すぎる」からだというのです。これには驚きました。

長谷川遅牛は書家ですが、一九七一年から八年間、室蘭市長を務めました。その間一九七五年、右半身不随となりながら七九年まで市長を務め上げ、書も左手で筆をとり「体の動くところがあれば、そこで書く」と書作を続けた有名人です。「碑文は誰にでも読める字体にした方がいい」。平林正一の言い分でした。そのとき、不随の影響を受けた長谷川遅牛は口元を歪め「わ、分かった……」と呻るように言いました。

次の会合で、長谷川遅牛が大きな紙を無造作に丸め持参しました。それをみんなの前で広げ「なんだ、お前、ちゃんと書けるんじゃないか」と叫んだのは平林正一でした。

「海に生くる人々」、「室蘭港が奥深く――」の二つの碑文書はこうして書きあがりました。それにしても見事な碑文の揮毫でした。今でも遅牛「書道展」が開催されると「拓本」が展示されます。長谷川遅牛が室蘭に残した遺産です。

そして、その後、碑石のことでこんなこともありました。有珠安山岩の寄贈が浮須健太郎よりあったことです。浮須健太郎は樺太時代は特高警察で、戦後、室蘭に引揚げてから刑事として辣腕を振るった人物でした。警察を辞めた後、有珠山麓で採石場を経営し財を成し「浮須産業」を興しました。どのような経緯があったのか詳しくは不明ですが、有珠安山岩が運ばれました。「安山岩に責任があるわけではあるまい」と妙な割り切り方をしたのを覚えています。こうして主碑に有珠安山岩、副碑に黒御影石（木下四郎寄贈）、そして澤田次郎寄贈の日高石を添石にした「葉山嘉樹文学碑」が建立されました（写真参照）。

碑は室蘭港を一望できる「臨海公園」に建っています。そこはかつて石炭船が出入りした海、葉山嘉樹が上陸に使った高架桟橋などがあったところの埋立地です。まさに、ふさわしい場所に葉山嘉樹碑が建てられたのです。

葉山嘉樹が室蘭—横浜航路の石炭船に乗船して室蘭港に来たのは大正五年（一九一六年、自作年譜）です。大正五年、室蘭には、地方史にも留められていませんが「室蘭公園」構想というのがありました。「工業都市や港町では、空気の汚れた工場で働く工員や、大海原の航海で緑に飢えた船員が心身を癒すため、とくに公園が必要」ということで、万字丸が停泊した桟橋に連なる茶津山から半島の中腹にいたる鬱蒼とした森林一帯を公園化しようという構想でした（俵浩三『北海道・緑の環境史』）。

『海に生くる人々』は残念ながら季節は冬です。舵機のチェーンで胸と足を怪我したボーイ長を連れた病院の行き帰りの道のりと、子供たちの橇すべりの描写を通して山坂の多い半島、そして「昼も夜のように淋しい感じのする街に」ビックリしたほどの「文化的」な構えの東洋軒が描かれますが、周辺の自然などは描かれず、状況は局限されています。

茶津山の海にせりだした先端近くに、巨大な木造石炭高架桟橋がありました。長さ三六一メートルの桟橋の付け根から海岸は馬蹄形になっていて、茶津山をくりぬいたトンネルから「停車場は室蘭の町をズッと入り込んで、馬蹄形の一端に寄った方に」レールが続き、「淋しい終着駅であった。停車場は海岸の低地にあって、その上の方には、遊郭の灯が特に明るく光っていた」ように、周囲が海、そして冬の山々は葉を落とした枯れ木ばかりで寒々しい佇まいをみせていたことでしょう。

「その馬蹄形の海岸の石崖の端を、とぼとぼ拾い歩きし」、沢山の人足の人たちがいる番小屋を伝い、波田と藤原がボーイ長を公立病院まで連れて行く光景には感動します。

しかし今はその光景もすっかり消えています。高架桟橋もありません。馬蹄形の海岸、石崖も、そこから広がる埋立地の上には、いくつもの大きなビル、陸上競技場、公園などがつくられ、あまり船の来ない岸壁だけが寒々と残されています。

室蘭には「葉山嘉樹文学碑」のほかに「八木義徳文学碑」があり、その碑は測量山（ホシケサンペ）中腹に建てられています。『海に生くる人々』の作中、波田と藤原がボーイ長を運び込み診察を受けた、公立病院の院長、田中好治は八木義徳の父でした。葉山嘉樹は横浜―室蘭を二回航海しています。二回目のとき足を負傷します。そのとき室蘭の公立病院で治療を受けたのでしょう。室蘭に二つしかない文学碑の内実にこのような奇縁があったことに、いまさらながら感じ入るものを覚えます。

作中に立派な「文化的」構えと「文化的」な菓子を売っている「東洋軒」が出てきます。「外国人がクリスマスに食べるパイや、その他種々な生菓子、栗饅頭や金つばや、鹿の子などという東京風の蒸菓子が陳列してあった」

その東洋軒は、店を閉めましたが「大島饅頭」という茶色の分厚い皮が火山の溶岩流を連想させ、頂部から餡が盛り上がる蒸菓子が有名でした。それは「出来れば、上等の蒸菓子の中へ入れる餡だけを食べたくなった」ものだったのでしょうか。

東洋軒には意外な証言もあります。葉山嘉樹が立ち寄った大正五年頃の東洋軒は創始者の菊池某の経営で、大正七、八年頃に経営者が変わったというのです。

文学は時代の証言者ともなります。東洋軒にも歴史があるのです。

文学が人と歴史を描くものなら、もうひとつそこに自然を付け加えるべきです。

迂闊にも私は葉山嘉樹と鶴田知也が同郷人であることを、堺利彦との「三人の偉業を顕彰する会」からの案内で知りました（本書Ⅲ―1、Ⅲ―7参照）。「葉山嘉樹文学碑」建立時の「言いだしっぺ」仲間の工藤進からの影響もあり鶴田知也の『草木図誌』、『画文草記帖』を知り、そこから「コシャマイン記」のコシャマインの辿った後を訪ね、北海道八雲町のビンニラの丘にある「鶴田知也文学碑」で「不遜なれば未来の悉くを失う」の碑文に触れました。

「馬鹿にはされるが真実を語るものがもっと多くなるといい」

葉山嘉樹と鶴田知也の二つの言葉は、現代社会の閉塞感と思考停止状況に対する鋭利な刃となって突き刺さってきます。

(文中、敬称はすべて省略しました。二〇一二年二月四日)

11

葉山嘉樹・鶴田知也と現代

玉《たま》木《き》研《けん》二《じ》
毎日新聞社論説室専門編集委員

八景山

週末、弁当をこしらえ福岡県豊津町（現みやこ町）の八景山に行った。葉山嘉樹の文学碑があると聞いたからだ。あった。むすびをほおばる。雨催いの風がわたり、トカゲが小指ほどの光彩を引いて台座を横切った。

葉山は日清戦争の年に生まれ、旧制豊津中学時代に文学に傾倒した。大正初めに上京し、早稲田の予科に入るも遊蕩の末に除籍。船員など過酷な労働世界に転じ、プロレタリア作家となる。対米敗戦の年、旧満州に客死した。

私は「セメント樽の中の手紙」が忘れ難い。恋人の労働者を石灰岩破砕機にのみ込まれた女子工員がセメントと化した彼のため手紙をしのばせる――。社会矛盾の告発でありながら、それを超える幻惑的な味わい。どう培われたのか。知るすべもないが、私は作者が浸った風光に一度接してみたいと思っていた。

碑文に少年期の豊津の思い出を記した一節が刻まれている。〈不思議な幻想的な形〉の山並みを〈ぼんやりと見とれてゐる事が多かつた〉。

同じ山並みをながめた。遠く薄暗い雲が起こり、やがて上空を覆ってパラパラと落ち始めた。

セメントの恋人

小林多喜二の「蟹工船」が書店で平積みの人気だ。ワーキングプアや格差社会に響くという。一九二〇年代、厳冬のカムチャッカ沖、船内工場の地獄に抗し、ストライキに憤然と立ち上がった労働者たちの悲劇である。彼らは沖に現れた駆逐艦を身方と思い込み歓声を上げたが、逆に鎮圧された。絶望の声が上がる。「国民の身方でない帝国の軍艦、そんな理屈なんてあるはずがあるか」

「帝国の軍艦」という言葉を「国」、「行政」に置き換えたら今に通じるのだ。

これで初めてプロレタリア文学作品を読んだ若い人は、ぜひ葉山嘉樹にも触れてほしい。例えば「セメント樽の中の手紙」という短編がある。

セメント工場。破砕機に巻き込まれ、セメントと骨肉が混然となったまま出荷された労働者。袋を縫う恋人の女子工員が、このセメントがどう使われるのか尋ねる手紙をそっと樽に忍び込ませる。

〈あなたは左官屋さんですか。それとも建築者さんですか。私は私の恋人が、劇場の廊下になったり、大きな邸宅の塀になったりするのを見るに忍びません。〉

今、身分不安定のまま使い捨てられる若い人たちにもどこか共鳴するものがないか。収奪と疎外。その不条理、かなしみ、怒りを表すのに必ずしも激語や多弁は要しない。

「蟹工船」から四年後、小林は警察の拷問に屈せず殺された。二十九歳。葉山は境遇変転して旧満州に渡り、敗戦引き揚げの途中病死した。五十一歳。故郷の福岡・みやこ町の碑に「馬鹿にはされるが真実を語るものがもっと多くなるといい」と刻んである。

コシャマイン記

鶴田知也の名は今はそう広く知られていない。一九三六（昭和十一）年、同人誌に書いた短編「コシャマイン記」で第三回芥川賞に選ばれた作家である（本書Ⅲ－1参照）。

一九〇二（明治三十五）年、北九州・小倉で生まれた。旧制豊津中学からキリスト教の神学校に進むが、思い転じて北海道、さらに各地に渡ってさまざまな労働をし、労農運動に身を投じた。同じ中学の先輩であるプロレタリア作家葉山嘉樹の影響といわれる。

「コシャマイン記」は、実在したアイヌの英雄と同じ名を与えられた若者が、江戸期のシャモ（日本人）の収奪に抗すべく、同胞糾合を求めて道内を彷徨する物語だ。簡潔で抑制した文体である。読めば、鶴田の体験がこの悲劇物語を紡ぎ、これを借りて、大正から昭和にかけて弾圧で崩壊していった労農運動の姿を映したと感じ取れる。

怒り、共鳴、決意、勇気、行動、打算、裏切り、逃避、敗残。この物語でアイヌの各部族の長が表すものは鶴田が運動に見たものだろう。後半、勇猛高潔なアイヌの若者だった主人公は失意を重ねるうち〈口髭ばかり噛み続ける無口の男〉に変じている。そして意外で悲痛な結末（機会あれば読んでいただきたい）は、こう終わらせるしかない葛藤が鶴田の中でたぎっていたためと私は思っている。

今、急進する雇用不安や矛盾の露呈がこれまでにない運動や思念を生む可能性はある。そこにどんな人間観察や葛藤があり、物語を生み得るか見当もつかないが、「文学に何ができるか」という古い問いかけが、少し息を吹き返すかもしれない。

（「毎日新聞」二〇〇二年五月二十日〔西部本社版夕刊〕、同二〇〇八年六月三日〔東京本社版朝刊〕、同二〇〇九年二月三日〔同〕）

葉山嘉樹主要参考文献

（＊分は本書収録）

悪麗之介編『天変動く――大震災と作家たち』インパクト出版会、二〇一一年

浅田　隆『葉山嘉樹論――「海に生くる人々」をめぐって』桜楓社、一九七八年

『葉山嘉樹――文学的抵抗の軌跡』翰林書房、一九九五年

「葉山嘉樹の魅力」（『奈良大学紀要』第二七号、一九九七年三月）

「葉山嘉樹の魅力Ⅱ」＊（『植民地文化研究』第五号、二〇〇六年七月）

渥見秀夫「「セメント樽の中の手紙」論」（『愛媛国文と教育』第三三号、二〇〇〇年十二月）

伊狩　弘「葉山嘉樹の考察」（『宮城学院女子大学大学院人文学会誌』第二号、二〇〇一年三月）

池田浩士・小正路淑泰・祖父江昭二「『文芸戦線』創刊八〇周年」（『社会文学』第二〇号、二〇〇四年六月）

浦西和彦『葉山嘉樹』日外アソシエーツ、一九八七年

『葉山嘉樹――考証と資料』明治書院、一九九四年

『浦西和彦著述と書誌　第三巻　年譜葉山嘉樹』和泉書院、二〇〇八年

「葉山嘉樹著『淫売婦』書き込み本（日本近代文学館所蔵）について――併せて葉山嘉樹未発表書簡二通紹介」（『日本近代文学館年誌』第六号、二〇一〇年三月）

「左翼文士、映画を観る――葉山嘉樹と小林多喜二の対照性」（『映画論叢』第二七号、二〇一一年七月）

大石　實編『福岡県の文学碑　近・現代編』海鳥社、二〇〇五年

大﨑哲人「プロレタリア文学への途・葉山嘉樹」（『社会主義』第三七三、三七四号、一九九四年十一、十二月）

「「文芸戦線」系の空白期――『労農文学』の登場」（『社会文学』第一四号、二〇〇〇年六月）

「葉山嘉樹の創作態度――「淫売婦」に観る」（『科学的社会主義』第三四号、二〇〇一年二月）

大村彦次郎『文士の生きかた』ちくま新書、二〇〇三年

大和田茂『社会運動と文芸雑誌――『種蒔く人』時代のメディア戦略』菁柿堂、二〇一二年
城戸淳一『京築の文学風土』海鳥社、二〇〇三年
木村敏彦「プロレタリア作家葉山嘉樹と現代」（『社会主義』第五九四号、二〇一一年十二月）
楜沢　健「プロレタリア文学と集団創造――それは「セメント樽の中の手紙」からはじまった」（『小林多喜二と『蟹工船』』河出書房新社、二〇〇八年）
『だからプロレタリア文学――名文・名場面で「いま」を照らす17の傑作』勉誠出版、二〇一〇年
「葉山嘉樹とシュルレアリスム」（『国文学解釈と鑑賞』第七五巻第四号、二〇一〇年四月）
古賀勇一「気骨の精神的風土を思う――葉山嘉樹文学碑に寄せて」（「西日本新聞」一九七七年一〇月二一日夕刊）
「三つの文学碑ものがたり*」（福岡県立豊津高等学校錦陵同窓会一九九六年度定期総会誌『錦陵』一九九六年八月）
小正路淑泰「葉山嘉樹の「いのちき」――被差別民衆との出会いのなかで」（『部落解放』第四二一号、一九九七年五月）
「葉山嘉樹と〈地方〉――労農教育運動をめぐって*」（『社会文学』第一九号、二〇〇三年九月）
「〈資料紹介〉葉山嘉樹「ある日の日記」」（『社会文学』第二四号、二〇〇六年六月）
小牧近江『種蒔くひとびと*』かまくら春秋社、一九七八年
斉藤　亮「葉山嘉樹と名古屋」（『中部ペン』第一八号、二〇一一年八月）
坂本弥平太「過ぎにし楽しき春よ」（『顔』第五四～七二号、二〇〇二年一一月～二〇一一年一一月、未完）
下平尾直「近代〈下層〉文学史――底辺に生くる人々」（『現代文明論』第一号、二〇〇〇年二月）
鈴木章吾『葉山嘉樹論――戦時下の作品と抵抗』菁柿堂、二〇〇五年
「葉山嘉樹が遺したもの」（『植民地文化研究』第五号、二〇〇六年七月）
「「満洲開拓」と葉山嘉樹――アイデンティティー喪失と回復への旅立ち*」（『社会文学』第二五号、二〇〇七年二月）
「三好十郎論――三好十郎と葉山嘉樹（その二）」（『三好十郎研究』第二号、二〇〇八年二月）
祖父江昭二『近代日本文学への探索――その方法と思想と』未来社、一九九〇年
多喜二・百合子研究会編『講座プロレタリア文学』光陽出版社、二〇一〇年
武居孝男「木曾を愛した葉山嘉樹」（『地域文化』第九七号、二〇一一年七月）

丹野達弥「葉山嘉樹――プロレタリア文学だけでは、くくれない」*（『文学界』第五五巻第一号、二〇〇一年一月）
津波　孝「葉山嘉樹「セメント樽の中の手紙」の手紙の役割」（『沖縄国際大学語文と教育の研究』第一号、二〇〇〇年三月）
鶴田知也「発表にあたって」（『図書新聞』一九六〇年一月一日）
「葉山嘉樹のこと」（文学批評の会編『プロレタリア文学研究』芳賀書店、一九六六年）
「葉山嘉樹さん」*（「朝日新聞」〔西部本社版〕一九八四年二月一八日夕刊）
土佐秀里「「セメント樽の中の手紙」と探偵小説――一九二〇年代の身体感覚」（『早稲田実業学校研究紀要』第三五号、二〇〇一年三月）
鳥木圭太「プロレタリア文学の中の「ままらなぬ身体」――葉山嘉樹「淫売婦」を起点として」（『生存学』第四号、二〇一一年六月）
轟　良子『北九州文学散歩』（西日本新聞社、一九九七年）
「海峡の風　北九州の先人たち117――葉山嘉樹」（『ひろば北九州』第三〇九号、二〇一二年三月）
中原　保「プロレタリア作家葉山嘉樹」（『西日本文化』第三五一、三五二号、一九九九年五、六月）
中山和子『差異の近代――透谷・啄木・プロレタリア文学』翰林書房、二〇〇四年
西島拓也「地に在りて――葉山嘉樹の一五年戦争」（「信濃毎日新聞」二〇〇八年八月一日～九月五日、六回）
西田　勝『グローカル的思考』法政大学出版局、二〇一一年
西原大輔「葉山嘉樹のプロレタリア小説」（『シンガポール』第二二七号、二〇〇四年六月）
野崎六助「葉山嘉樹における朝鮮人像」（『インパクション』第一四八、一四九号、二〇〇五年八、十月）
「夜の放浪者たち――モダン都市小説における探偵小説未満　葉山嘉樹『誰が殺したか』」（『ミステリマガジン』第五九五、五九六号、二〇〇五年九、十月）
葉山民樹「葉山嘉樹の思い出」（『植民地文化研究』第五号、二〇〇六年七月）
『葉山嘉樹文学碑』葉山嘉樹文学碑建設委員会（福岡県豊津町）、一九七七年
『葉山嘉樹と中津川』葉山嘉樹文学碑建立二〇周年記念実行委員会（岐阜県中津川市）、一九八〇年

原　健一『葉山嘉樹への旅』かもがわ出版、二〇〇九年
はらてつし『作家煉獄――小説葉山嘉樹』オリジン出版センター、一九九二年
「人間における労働の意味」（『地球の一点から』第七三〜七六号、一九九四年十二月〜一九九五年三月）
原田さやか「21世紀への文学的展望――堺利彦・葉山嘉樹・鶴田知也」（『パトローネ』第四四号、二〇〇一年三月）
広瀬貞三「三信鉄道工事と朝鮮人労働者――『葉山嘉樹日記』を中心に」（『新潟国際情報大学情報文化学部紀要』第四号、二〇〇一年三月）
広野八郎『葉山嘉樹・私史』たいまつ社、一九八〇年
「葉山嘉樹回想」（「読売新聞」〔西部本社版〕一九七九年三月二十三日夕刊）
「『文芸戦線』と私」（「佐賀新聞」一九八二年一〇月二十八日）
「八景山　葉山嘉樹*」（「西日本新聞」一九八三年八月二十一日）
「葉山嘉樹生誕百年に際して」（『社会主義』第三七一号、一九九四年十月）
福岡県編『福岡県文化百選・作品と風土編』西日本新聞社、一九九五年
北海道新聞社編『続北へ　異色人物伝』北海道新聞社、二〇〇一年
前田角藏『虚構の中のアイデンティティ――日本プロレタリア文学研究序説』法政大学出版局、一九八九年
「葉山嘉樹の文学*」（「西日本新聞」二〇〇〇年十二月二十八日）
松本法子『終点のないエッセイ』ながらみ書房、一九九四年
水上　勲「昭和十年代の葉山嘉樹論」（『帝塚山大学論集』第三二号、一九八〇年十二月）
峯村康広「葉山嘉樹と命の問題」（『近代文学研究』第二四号、二〇〇七年一月）
「働くこと闘うこと、そして命――葉山嘉樹の労働と文学*」（『彷書月刊』第二八一号、二〇〇九年二月）
「葉山嘉樹文学碑探訪」（『近代文学研究』第二七号、二〇一〇年四月）
武藤武美『プロレタリア文学の経験を読む――浮浪ニヒリズムの時代とその精神史』影書房、二〇一一年
森山重雄『葉山嘉樹「誰が殺したか」――事実と虚構の間』土佐出版社、一九八八年
安田　滿「続私説　九州の文人たち（三）」（『九州文学』第四八〇号、一九九七年七月）

八原加奈「「読書」すること・「読解」すること――「セメント樽の中の手紙」を通して」（『論究日本文学』第九三号、二〇一〇年十二月）
山口守圀『文学に見る反戦と抵抗〈増補版〉』海鳥社、二〇一一年＊
和田　崇「講演会「プロレタリア作家葉山嘉樹と現代」印象記」（『徳永直の会会報』第五九号、二〇一二年一月）

編集後記

葉山嘉樹の郷里、福岡県京都郡豊津町（現みやこ町）の眺望の地、八景山中腹に「馬鹿にはされるが真実を語るものがもっと多くなるといい」という碑文を刻んだ文学碑を建立したのは一九七七年である。あれから三十五年が経過しようとしている。この間、三人の会（会長＝井上幸春みやこ町長）は、二〇〇〇年にシンポジウム「生きる葉山嘉樹」（日本社会文学会との共催）、二〇一一年に講演会「プロレタリ作家葉山嘉樹と現代」をいずれもみやこ町で開催した。

本書第Ⅰ章は後者の講演記録を基にした。楜沢健氏は「今、なぜ、葉山嘉樹なのか」を問いかけ、川本英紀氏と葉山民樹氏は新たな資料と事実を提示している。第Ⅱ章には、近年の葉山嘉樹に関する作家論・作品論より重要と思われるものをセレクトし、作家デビューから「満洲開拓」に至る晩年までの文学的抵抗の軌跡を概観できるよう配列した。第Ⅲ章には、鶴田知也、広野八郎など顕彰会関係者の回想録や、葉山嘉樹に注目する作家、評論家、ジャーナリストのエッセイを収録した。

常に社会的弱者の側に身を置き、彼／彼女らの「弱き声」、「小さな声」に共感しながら、生きる希望を与え続けた葉山嘉樹の〝真実を語る文学〟は、雇用慣行や産業構造の変化、厳しい経済状況により、経済的格差の増大やその固定化が懸念される今日、ますます輝きを増してきている。本書が葉山嘉樹再評価に向け、幾許か貢献することができれば幸いである。

最後に、序文をお寄せいただいた佐木隆三氏を始めとする執筆者・著作権継承者の方々、貴重な資料を提供いただいた近藤文庫、みやこ町歴史民俗博物館、美夜古郷土史学校、福岡県立育徳館高等学校錦陵同窓会、北九州市立自然史・歴史博物館、国立公文書館、法政大学大原社会問題研究所、そして、花乱社の別府大悟さん、宇野道子さんに記して感謝を申し上げたい。

堺利彦・葉山嘉樹・鶴田知也の三人の偉業を顕彰する会（三人の会）

（文責・木村敏彦）

葉山嘉樹《はやまよしき》・真実《しんじつ》を語《かた》る文学《ぶんがく》

❖

2012年5月20日　第1刷発行

❖

編　者　三人の会

（堺利彦・葉山嘉樹・鶴田知也の三人の偉業を顕彰する会）

発行者　別府大悟

発行所　合同会社花乱社

〒810-0073 福岡市中央区舞鶴 1-6-13-405

電話 092(781)7550　FAX 092(781)7555

http://www.karansha.com

印刷・製本　有限会社九州コンピュータ印刷

ISBN978-4-905327-18-9

❖花乱社の本

暗闇に耐える思想

松下竜一講演録

東大入学式講演「私の現場主義」,「暗闇の思想 1991」ほか, 一人の生活者として発言・行動し続けた記録文学者が, 現代文明について, 今改めて私たちに問いかける。

▷Ａ５判／160ページ／並製／定価1470円

野村望東尼《ぼうとうに》　ひとすじの道をまもらば

谷川佳枝子著

高杉晋作, 平野国臣ら若き志士たちと共に幕末動乱を駆け抜けた歌人望東尼。無名の民の声を掬い上げる慈母であり, 国の行く末を憂えた“志女”の波乱に満ちた生涯。

▷Ａ５判／368ページ／上製／定価3360円

拝啓 文部科学大臣殿 がんばろう、日本の教育

震災復興と子どもたちの未来のために

桃井正彦著

教育とは, 子どもたちに社会を生き抜く力を蓄えさせること。閉塞する現代教育の課題と向かうべき方向を指し示す。教師たち, 家庭, 地域, 少しずつ変わっていこう！

▷四六判／214ページ／並製／定価1575円

フクオカ・ロード・ピクチャーズ　道のむこうの旅空へ

川上信也著

海, 空, 野山, 街, 路傍の一瞬――風景写真家・川上信也が写し取った一枚一枚にはただ佇むしかない。対象は福岡県内全域, 美しい“福岡の四季”を捉えた旅写真集《ロード・ピクチャーズ》。

▷Ａ５判変型／160ページ／並製／定価1890円

憂しと見し世ぞ

岡田哲也著

60年代, 大学紛争真っ盛りの時期に村上一郎と出会う。青春期の彷徨を描いた「切実のうた 拙劣のいのち」他, 家族やふるさとへ寄せる想いを綴ったエッセイを集録。

▷四六判／280ページ／上製／定価2100円

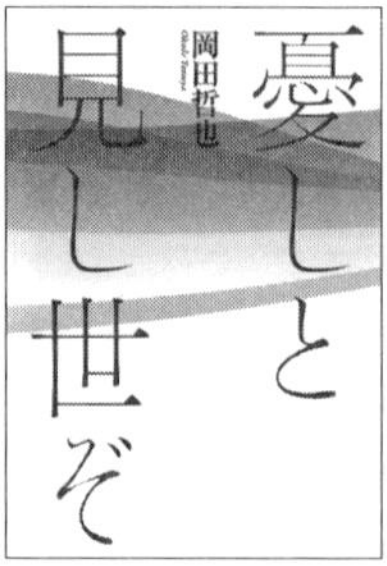

人間が好き

植木好正画集

懐かしいのにどこか不思議, 愛情たっぷりなのにどこか毒がある――。人間世界への愛情とペーソスに満ち溢れた画集。赤裸々に自己と生活を綴ったエッセイも収録。

▷Ａ４判変型横綴じ／64ページ／並製／２刷／定価2625円